PETER BERCHEM

E STÖCK VUM ALE KÖLLE

GEDICHTE · GEDANKENSPLITTER · PROSA

Herausgegeben von Heribert A. Hilgers

Beiträge zur kölnischen Geschichte, Sprache und Eigenart
Herausgegeben vom Heimatverein Alt-Köln
Band 71

Für einen Druckkostenzuschuß danken wir
dem Landschaftsverband Rheinland

Die Deutsche Bibliothek – CIP-Einheitsaufnahme
Berchem, Peter:
E Stöck vum ale Kölle : Gedichte, Gedankensplitter, Prosa /
Peter Berchem. Hrsg. von Heribert A. Hilgers. – Köln :
Greven, 1993
(Beiträge zur kölnischen Geschichte, Sprache und Eigenart ; Bd. 71)
ISBN 3-7743-0274-X
NE: GT

Heimatverein Alt-Köln e.V., Köln 1993

Vertrieb: Marzellus-Buchhandlung J. P. Bachem, Köln
Gesamtherstellung: Greven & Bechtold GmbH, Hürth

VORWORT

Als am 1. August 1913 das achte Heft der damals im zweiten Jahrgang befindlichen Zeitschrift »Jung-Cöln« erschien, da stand auf der ersten Seite das Gedicht »E Möschebegräbnis« von Peter Berchem. Es machte den Namen seines Autors bekannt und ist bis heute eines seiner beliebtesten Gedichte geblieben, von dem schon die Schlußzeile genügt, um es wieder in Erinnerung zu rufen: »Die Prädig – – – die litt mer em Mage!«

Als dieses Gedicht gedruckt wurde, war Peter Berchem in Köln noch so etwas wie ein Geheimtip: Die Leser von »Jung-Cöln« kannten ihn von den zwei Erzählungen »Wie et Pitterche un et Annche en de Ferie bei der Groß wore« und »Wie der hellige Mann bei der Breuersch Fritz kom«, die im ersten Jahrgang 1912/13 veröffentlicht worden waren, die Mitglieder des (Heimat-)Vereins Alt-Köln kannten ihn aus einem Vortrag seiner kölschen Texte am 13. März 1913, und natürlich kannten ihn die Kinder seiner Klassen.

Denn Peter Berchem, der am 23. März 1866 am Großen Griechenmarkt geboren worden war und zusammen mit seinem Freund Wilhelm Räderscheidt, dem späteren »Ohm Will«, die Volksschule im Martinsfeld, die Präparandie an der Wollküche und das Seminar in Brühl besucht hatte, war Lehrer geworden; Stationen seines Wirkens waren die Schulen in Bayenthal, an St. Severin (mit Gebäuden in der Silvanstraße und Im Ferkulum) und schließlich, im Pfarrbezirk von St. Paul, in der Loreleystraße, wo er die Funktion eines Konrektors bekleidete.

Für den Schulgebrauch hatte er schon immer kölsche Texte geschrieben. Nun, da ihm seit 1912 sein Freund Räderscheidt die Seiten von »Jung-Cöln« anbot und ihm im (Heimat-)Verein Alt-Köln ein dankbares Publikum zur Verfügung stand, folgten produktive Jahre. Das zu Weihnachten 1916 im Verlag der J. G. Schmitz'schen Buchhandlung erschienene Bändchen »Gespingks un spintiseet« enthielt außer einer Handvoll »Spien« (Gedankensplitter) fünfundsiebzig Gedichte. Der Titel beschreibt eine Grundhaltung des Autors: das aufmerksame, oft unbemerkte Hinschauen (»spinkse«) auf die Geschehnisse von Alltag und Jahreslauf und das meist einsame, manchmal vielleicht versponnene Nachdenken (»spintiseere«), das darauf bedacht ist, einen Zusammenhang, einen Sinn zu finden. Diesen Zweischritt von Sehen und

Nachdenken verdeutlichen besonders die Gedichte des Kapitels »Bilder«, die 1916 noch, anders als später, durchweg auch typographisch zweigeteilt sind. Gewidmet hatte der Autor sein Buch »Mingem Einzigen en der Iwigkeit zom Aandenke!« Denn das Leben Peter Berchems, der als Lehrer neben ungewöhnlicher Sachkompetenz so viel Güte und Menschenfreundlichkeit ausstrahlte, war überschattet vom Leid: Sein einziger Sohn Hermann war unheilbar krank und starb in jungen Jahren am 26. Juli 1916. Da bedurfte es des tiefen Glaubens, zu dem Peter Berchem sich wie selbstverständlich bekannte, um ihm über diesen Verlust hinwegzuhelfen. Als er 1922 eine zweite Ausgabe von »Gespinks un spintiseet« (mit leicht veränderter Schreibweise nicht nur des Titels) vorbereitete, da konnte er sie um fünfzig Gedichte erweitern. Außerdem aber war die Zahl seiner »Spien« so angewachsen, daß er für sie ein eigenes Bändchen vorsehen konnte, das er seiner Tochter Mechtildis zueignete. Die Auslieferung dieser zusammen knapp hundertfünfzig Seiten, die sein kölsches Lebenswerk enthalten, hat er nicht mehr erlebt: Am 30. Dezember 1922 ist er, erst sechsundfünfzigjährig, gestorben. Sein Grab auf dem Südfriedhof wurde inzwischen aufgehoben. Wichtiger als die Pflege seines Grabes ist die Pflege seines Werkes.

Klaus Goettert, meinem Vorvorgänger im Vorsitz des Heimatvereins, kommt das Verdienst zu, die Erinnerung an Peter Berchem über die in Anthologien und Zeitschriften verstreuten einzelnen Texte hinaus 1964 durch eine »Gesamtausgabe der Gedichte, Aphorismen und Erzählungen in kölnischer Mundart« wiederbelebt zu haben. Diese Ausgabe, die ihre gute Wirkung getan hat, ist heute längst wieder vergriffen und auch in Antiquariaten nur selten erhältlich, ein Zeichen dafür, daß sie von denen, die sie besitzen, sorgsam gehütet wird. Ein Nachdruck dieser Ausgabe kam allerdings nicht in Betracht. Denn beim Vergleich ergibt sich, daß sie im Wortlaut einzelner Texte, in der Reihenfolge der Gedichte und in deren Verteilung auf die neun Kapitel nicht selten von den Vorlagen und damit von Berchems eigener Entscheidung abweicht; im Kapitel »Kreeg« sind zwei Gedichte kommentarlos ausgelassen. Goetterts Änderungen sind oft klug, aber Berchems ursprüngliche Fassungen erweisen sich meist als klüger. Und jedenfalls ist es nicht die Aufgabe des Herausgebers, sein Original zu übermalen.

Für die Texte des vorliegenden Buches habe ich grundsätzlich auf Berchems Ausgabe letzter Hand, die beiden Bändchen von

1923, zurückgegriffen, aber auch alle übrigen mir erreichbaren Veröffentlichungen verglichen. Das gilt auch für die Schreibweise, deren Grundsätze Berchem erst allmählich festgelegt hat. Dabei überträgt er einen alten Schulmeister-Merkspruch aufs Kölsche: Verlängere das Wort, dann weißt du's sofort! Diesem Prinzip verdanken sich Schreibungen wie »Zigg« für »Zick«, »Bladd« für »Blatt« und auch »ald« und »alld« für »alt« und »allt« (schon). Ein Sonderfall sind die Erzählungen, von denen die beiden ersten aus Berchems frühen Jahren stammen, die gleichzeitig die Frühzeit von »Jung-Cöln« war. Man merkt das an den tastenden Versuchen, eine zweckmäßige und konsequente Orthographie zu entwickeln. Ich habe bei diesen Verzällchen, wie alle späteren Herausgeber, hie und da, aber im ganzen eher ausnahmsweise, durch Beseitigung zu großer Auffälligkeiten die Lesbarkeit zu erleichtern versucht; als symbolischen Rest habe ich im ersten zweimaliges »get«, das dort neben einem anfänglichen »jet« steht (später schreibt Berchem dann »jett«), unverändert gelassen.

Es ist kein Zufall, daß Berchem die drei Verzällchen nicht in seine späteren Buchveröffentlichungen übernommen hat. Denn so sehr er Kinder liebte und so sehr viele seiner Texte für Kinder geeignet sind, es wäre ganz falsch, ihn als Dichter für Kinder mißzuverstehen. Dagegen spricht schon die Melancholie, von der seine Gedichte, nicht nur die im Kapitel »Krützbloome«, häufig geprägt sind. Vielleicht war es diese Melancholie, die ihn zum Dichter gemacht hat. Goethe hat einmal die Einsicht formuliert, daß, wie der Regenbogen, auch ein Gedicht nicht aus heiterem Himmel entsteht: »Zart Gedicht wie Regenbogen / Wird nur auf dunklem Grund gezogen...« (aus »Sprichwörtliches«). Dagegen ist der »Goethesproch«, den Berchem im Kapitel »Gedanken üvver...« kommentiert, in Wirklichkeit von Heinrich Heine.

Von den hundertfünfundzwanzig Gedichten, die Peter Berchems Ausgabe von 1923 enthält, sind zwei (»Et Wunderkind« und »Waldmaiaandaach«) in freien Formen, eines (»De Schull eß uus«) in nicht-abgesetzten Paarreimen und drei (»Der blinge Pastor«, »Foßtappe« und »Maiklöckelcher«) in Zweizeilern geschrieben. Die übrigen sind strophisch. Aber etwa die achtundsechzig, die vierzeilige Strophen aufweisen, verteilen sich auf nicht weniger als neunundzwanzig verschiedene Strophenformen. Am häufigsten, nämlich zehnmal, ist die »Ald-Kölle«-Strophe vertreten, die außerdem noch viermal in zwei Varianten vorkommt. Doch Berchem verwendet zum Beispiel auch einen Neunzeiler (»De Sonn eß widder do«), drei verschiedene Zehnzeiler (»Schwalvterleed«, »Wie eß der Wald su wunderschön« und »Nevvel«) und sogar einen Elfzeiler (»Welle«). Er war auf formale Vielfalt bedacht. Und er wußte die Formen bewußt einzusetzen. Selbstverständlich folgt sein Gedicht »De Lorelei« in der Strophenform dem Vorbild Heine, seine Goethe-Variation »Verwelk« dem Vorbild »Gefunden«. Und es läßt sich zeigen, wie er im Kapitel »Krützbloome« die Strophenformen nutzt, um den Versen etwas Stockendes, Klangloses, Resignatives zu verleihen, wie es manchen Gedichten der »Winterreise« erst durch Schuberts Musik zu eigen geworden ist. Berchems Gedichte sind auch Formkunst, oft voller Musikalität. Die Geschichte ihrer Vertonungen ist noch zu schreiben.

Nicht zuletzt ist Berchem, wie Klaus Goettert mit Recht festgestellt hat, für Köln der Begründer der religiösen Mundartdichtung. Die männliche Frömmigkeit, die, nach allem was wir wissen, sein Leben bestimmte, bildet, über die Themenwahl hinaus, die Grundhaltung vieler Gedichte.

Das Leben Peter Berchems sinkt heute in Einzelheiten schon ins Unfaßbare zurück. Manche Frage läßt sich bereits nicht mehr beantworten. Daher sind die wichtigsten »Lebensspuren« hier im Anhang (»Beihau«) abgedruckt. Die ebenfalls dort zusammengestellten Anmerkungen sollen eine erste Skizze der Text- und Wirkungsgeschichte sein. Ich habe mich gerne eine Zeitlang in den Dienst Peter Berchems gestellt.

Der Titel dieses Buches, das ja die beiden Bändchen »Gespinks un spintiseet« und »Spien« von 1923 zusammenfaßt und daher nicht mit dem Titel eines dieser beiden identisch sein sollte, ist Berchems Gedicht »Ald-Kölle« entnommen, mit dem er seinerzeit auf das Programm des (Heimat-)Vereins Alt-Köln antwortete. Es ist also der richtige Titel für ein Buch, das den Mitgliedern dieses Vereins, die mit ihren Beiträgen sein Erscheinen ermöglichen, als nachträgliche Jahresgabe für das Jahr des neunzigjährigen Vereinsjubiläums zugedacht ist. Berchems Werk ist »e Stöck vum ale Kölle«. Möge es, wie Alt-Köln selbst, weiterhin geliebt werden.

Heribert A. Hilgers

GESPINKS UN SPINTISEET

KÖLLE

ALAAF KÖLLE!

Et litt en Stadt voll Glanz un Praach
Am schönsten deutsche Strom,
Do größe stolz op helliger Waach
De Tön vum iwigen Dom;
Wo eß en Heimat, schön wie ming?
Alaaf, alaaf mie Köll'n am Rhing!

Et klingk en Sproch su ganz apaat,
Genöglig, leev un lus,
Se eß vun echter, deutscher Aat,
Sprich frei un graderus;
En schönere nie em Ohr mer log:
Alaaf, alaaf de kölsche Sproch!

Et schleiht en Hätz, su treu wie Gold,
För Fründschaff, Huus un Hääd,
Dat bliev Humor un Fruhsenn hold,
Ov Loß ov Leid et dräht;
Kein ander eß esu rich an Schätz:
Alaaf, alaaf et kölsche Hätz!

ALD-KÖLLE

Et wor e Gäßge, kromm un schmal,
Worenn ich stonngeblevve;
Sie Flaster wor wie Birg un Daal
Un rund un glatt gerevve.

Do stunnt en Huus us aler Zigg,
Hatt noch ene Trappegivvel
Un hingk e beßge noh der Sigg,
Als hätt et jett em Stivvel.

Un bovven huh, bal en der Feesch,
Do los ich, ganz verwundert,
Grad en enem Striefe Sonneleech
De Johrzahl »Fuffzehnhundert«.

Veerhundert Johr! Wat kunnt dat Huus,
Die Gaß nit all verzälle!
Sohch doch us jeder Eck eruus
E Stöck vum ale Kölle!

Un wie ich do su stunnt un daach
An längs vergangene Zigge,
Wie Bürgerstolz un Ritterschpraach
Ich sohch vörüvverschrigge,

Do gingk am Hus e Finster op,
Dran dät eruus sich böcke
E Möhnche met enem griese Kopp
Un an de Blöömcher plöcke.

Un vun enem Rüsge Knopp un Bladd
Meer feel verwelk zo Föße;
Ald-Kölle leet – su wor et grad –
Zum Avscheed noch ens größe.

ZINT-JANNS-OVEND

Am Ovend vör Zint Jann! Me'm letzte Sching
Maaht noch ens jungk de Sonn dat ale Kölle,
Maaht noch ens jungk un schön der Vatter Rhing,
Vergold wor alles: Hüser, Tön un Welle.
Huh vun der Brögg sohch ich en all die Praach,
Em Dom de Klocke fingken aan ze lügge,
Un wie ich stunnt un hoot op ehre Schlag,
Do dräumten ich vun gode, ale Zigge.

Vun Zinter Vring erav bis Kunibäät
Sohch ich am Wasser Fraue stonn un Weechter,
Su leev un schön, wie Kölle nor se hät,
Un ald un jung met glöcklige Geseechter.
Se woren all en ehrem Sonndagsstaat;
De Mädcher hatten Blöömcher en de Hoore,
Un männiche Poosch blevv stonn un woot nit satt,
Die Rusen un die Rüsger ze belore.

Am Kleid de Ärmele huh eropgesträuf,
Sohch ich de Häng se en et Wasser halde;
Su woot vum ganze Johr em Rhing versäuf,
Wat dröck et Hätz un trick de Steen en Falde.
Et wor jo vör Zint Jann! Do nohm der Rhing
All Liebesquale fott un all de Sorge,
Un wat gewünsch woot hügg em Ovendsching,
Dat kom esu secher wie der andere Morge.

De Frau, die ehre Mann verloren hatt,
De Mutter, die ehr Leevstes fott moot gevve,
De Juffer, där et Hätzgen hatt gesaaht;
Wie schön mer geiht zo zweien durch et Levve,
Se wooten hee getrüs. Un Freud un Glöck
Kunnt mallig vun dem Rhing op Huus aan drage;
Em Wasser ävver blevv et Leid zeröck,
Un met de Welle troke fott de Klage. – –

Su dräumten ich. – Op eimol woot ich waach,
De Klocken hatten opgehoot ze lügge;
Ich sohch nichs mih vun all der stolze Praach,
Un düüster woot et jitz noh alle Sigge.
Do gingk ich heim un daach en mingem Senn:
»Do glöcklig Volk met dingem Kinderhätze!
Do god al Zigg, wie fän liß do, wie fän,
Wo sich esu heile leete Leid un Schmätze!«

FASTELOVEND

Fastelovend eß gekumme!
All de Kölsche sin aläät,
Üvverall gonn decke Trumme,
Üvverall do weed getrööt.

Durch de Stroße springe Gecke,
Gääl der ein, der andere grön;
Wat se och zesammeflecke,
Jeder meint, sing Kapp wör schön.

Wie de Ale su de Junge!
Plätsch un Raspel en der Hand,
Kütt dat Puutespill gesunge,
Hügg säht nichs der Herr Scharschant.

Vun dem Nüümaat stolz un stödig
Trick der Fastelovendszog,
Un et Volk läuf rack wie wödig,
Süüht der Prinz nit off genog.

Strüüßger fleegen un Kamelle,
Alles juhz un raaf un laach;
Mallig deit dervun verzälle,
Wann vörüvver eß de Praach.

Üvverall gonn decke Trumme,
Üvverall do weed getrööt,
Fastelovend eß gekumme,
Un de Kölsche sin aläät!

DER KÖLSCHE ZAPPES

Hä kann esu blieve,
Deit »Hendrich« sich schrieve,
Weed »Köbes« genannt,
Süüht uus wie vum Land,
Hät Backe wie Keesche,
Der Schnäuzer gestreche,
De Hoore voll Fett,
Eß immer adrett.

E blo Kamesölche,
Am Hals e wieß Röllche,
Ne Schooz, nit ze spack,
Dat eß singe Frack.
De Täsch am bequäme
Glanzleddere Reeme,
Dat määht in rääch schlank
Un vör modern langk.

Su deit hä sich schlängele,
Su deit hä sich drängele
Lans Deschen un Stöhl
Durch all dat Gewöhl.
Deit einer im winke,
Sie Glas nor uusdrinke,
Ov et räächs eß ov links,
Dat hät hä gespinks.

Brängk hee denne Härcher
Fünfpennings-Zigärcher,
Däm do e Glas Wieß
Bei't Röggelche Kies,
Höllt flöck enem Madämmche
E dreistöckig Hämmche,
Dem Stammdesch »God Spund«
De veezehnte Rund.

Hä weiß ze verzälle
Männich Krätzgen us Kölle,
Verdräht ene Wetz,
Nimmb keinem jett spetz,
Eß fründlig, maneerlig,
Vör allem grundehrlig
Un immer fidel:
Ne prächtige Kääl!

NE GODE ROD

Do meins et ehrlig, sprichs grad wie Do denks,
Günns jedem, wat in glöcklig määht em Levve,
Un wann Do einem Die Vertraue schenks,
Dann eß et grad, als wööt enen Ak geschrevve.

Da'ß rääch! Doch beß Do nit ene kölsche Jung?
De Kölsche mallig gän zo leich vertraue;
Se drage wahl et Hätz op ehrer Zung
Un sinn nit, ov op Sand ov Stein se baue.

Se hann kein Ärg un denke selden draan,
Wann inne Glöck un Fridde weed zerresse,
Dat, wie beim Herrgodd fingk der Krützwääg aan,
Ne Judas spillten hinger de Kulesse.

Dröm gevv god aach, wäm Do Dien Hätz uusschötts!
Nen echte leeve Fründ eß schwer ze krige;
Hee immer noch dat god ald Spröchwood nötz:
Et Bubbele eß bloß Selver, Gold – et Schwige!

RÖDSEL

Hä eß bekannt en aller Welt,
Ich kann in nit verdrage;
De Gall em Liev mer üvverquellt,
Hören ich vun im jett sage.

Ald eß hä wie Mathusalem
Un well un well nit sterve;
Hä eß wie kodde Plack esu schlemm
Un liet sich nit verderve.

Weed nor bekannt en god neu Stell,
En Arbeid uusgeschrevve,
Mer kann et maache, wie mer well,
Hä steiht gelich dernevve.

Hä tätsch sich üvverall erenn
Un sök sich sie Profitche;
Hä driht die Saach noh singem Senn
Un – hät se me'm Schlavittche.

Dröm günnt ich dennen, die dran schold,
– Et eß ene ganze Püngel –
Der Düvel hätt se all gehollt
Met ehrem »Kölsche . . . !«

UNGERWÄGS

DE HEIMAT

Un wor Ding Heimat noch esu ärm,
Dien Eldernhuus och klein un nidder,
Wie schleiht Dien Hätz esu fruh, su wärm,
Süühs Do se spääder noch ens widder!

Ding ganze Kindersilligkeit,
Die längs em Schecksal ging verloore,
Op eimol Deer vör Auge steiht
Su fresch wie en de Jugendjohre.

Do sitz noch ens om Mutterschuß,
Do spills met Dinge Kamerade —
»Sag, weiß Do noch?« frög leev un lus
De Schull, de Kirch, de Gaß, der Gade.

Et pack Dich wie met Zaubermaach,
Als künns Do noch ens jungk hee wäde:
Dä Ood, wo Do als Kind gelaach,
Eß doch der schönsten op der Äáde!

EM KAPELLCHE

En ald Kapellche! Kruus un grön et Daach,
Der steinen Dörpel uusgeschlesse,
De Wedderwand vum Bletz zerresse,
Su stunnt et stell en all der Fröhjohrschpraach.

De Döör wor op, et winkte meer en Bank:
»Hee benne kann sich mallig setze,
Dä möd vum Wäg ov möd em Hätze.«
Do satz ich mich e Vatterunser langk.

Un sohch dann, wie der Ovendsonnesching
Lus durch et bunte Finster lote,
Un all dat Düüstere stunnt en Glode,
Un dat, wat ald, woot widder jungk un fing.

Wie staats dat ärm Altärche wor gemaaht!
Ich kannt der Herrgodd drop nit widder,
Su log ene Glanz op Krütz un Glidder,
Un *eine* Strohl dat Wunder fädig braaht! –

Dat ald Kapellche fällt mer immer en,
Sinn ich, wie einem späd em Levve
Et Glöck sing Wunderhand darf gevve
Un määht in noch ens jungk an Hätz un Senn.

VÖR DER FRÖHMESS

Noch alles gro en gro! Nor huh em Chor
Spinks hell 'ne Sonnestrohl erenn,
Vergold enem Engel bovven Häng un Hoor
Un färv enem Hellige Nas un Kenn.
Un deefer, immer deefer gonn de Strohle,
Un schöner, immer schöner dunn se mole,
Wat alles en der Kirch eß drenn.

Wie stell! Em Toon de Morgeklock hät grad
Der letzten Odemszog gedonn;
En Döör weed irgendwo noch opgemaaht,
Dann hören ich bloß mien Hätz noch schlonn.
Jitz vör dem Huhaltar et Lämpche knestert,
Jitz einer en der Sakristei jett flöstert,
Un jitz bliev einer druuße stonn. —

E Möhnche kütt erenngeschluff un kühmb
Un taas sich an sing Bank eraan,
Der Rusekranz et us dem Körvge nimmb
Un sähnt sich met dem Krützgen dran.
Ei Jüfferche noh'm andere kütt gewibbelt,
E Krankenönnchen durch de Medde tribbelt,
Un dann kütt noch enen ale Mann.

Der Köster hät de Käätzen angemaaht,
De Pöllcher alld eruusgehollt,
Et große Messeboch zeräächgelaaht
Un en sing Schnüffgesdos gefoohlt —
Do schellt et! Alles deit sich nidderkneene
Un bäät sich stell un well sich fröh verdeene
Beim Herrgodd hügg et Morgegold.

NOH DER AANDAACH

De Aandaach eß am Engk! Et Volk dat singk:
»Herr, großer Gott, dich loben wir!«
Un währenddäm de Orgel brus un klingk,
Drängk alles noh der Kirchendöör.
Hee weed sich ehsch noch jett zerääachgezubbelt
Un druuße noch me'm Nohber jett gebubbelt,
Un dann op Huus aan geiht de Kehr.

Jitz schleiht der Orgeleß der Deckel zo,
Mer höt in schwer de Trapp eravgonn;
Der Köster läsch de Käätzen un süüht noh,
Ov keiner Schirm un Stock leet stonn.
No sin de letzte noch eruusgedröppelt;
De Kääzemöhn eß hingerdrenngehöppelt
Un liet et iesere Pöözge schlonn.

Ich ben allein! Der Ovendsonnesching
Me'm letzte Weihrauchswölkche spillt
Un molt do bovve widder jungk un fing
Dat ale Muttergoddesbild.
Wie schön dat linke Finster lööch un funkelt!
Wie eine Kopp noh'm andere sich verdunkelt,
Bis dat de Sonn ganz fott sich stillt!

Der Huhaltar jitz deef em Schatte steiht,
Et Rut vum Lämpche ziddert drop;
Meer eß et, wie dat do su flackern deit,
Als gingk et Tabernakel op! — — —
Hann ich gedräumb? Ich hoot en Döör doch klinke?
Dat eß der Offermann! Hä deit mer winke
Me'm Schlössel un me'm griese Kopp.

DER BLINGE PASTOR

Zint Paul hät des Sonndags en Meß öm zehn Ohr,
Die dät ens vör Johre ne blinge Pastor.

Hä wor noch geröß, ävver sohch nichs vum Daag;
Nor hee am Altar do vertrok sich die Naach.

Do gingk hä stellsillig an Meßkelch un Boch
Un sohch singen Herrgodd, dat wor im genog.

Hä holf im wie fröóhter noh Golgatha gonn
Un lehte vum Meister et Schecksal verstonn.

Su »los« hä sing Meß alld Godd weiß wie vill Johr,
Un keiner wahl merkte, wie blingk dat hä wor. —

*

Och Do kriß em Levve Die Päckelche Leid,
Dann trüs Dich an däm, däm et betterer geiht,

Un denk, wann Do steihs am Kalvarienbirg,
An der blinge Pastor en der Pauluskirch.

DE TOONOHR

De Toonohr schleiht:
»De Zigg vergeiht,
Der Daag eß bal vörbei.
De Stunde gonn, ein noh der andere,
Bis dat dann endlig kütt beim Wandere
Ding letzte an de Reih.«

De Toonohr schleiht:
»De Zigg vergeiht,
All Neu weed eimol ald;
Dröm freu Dich en de Jugendjohre!
Wat spääder weed an Freud geboore,
Dat eß flöck opgezallt.«

De Toonohr schleiht:
»De Zigg vergeiht,
Häß Do en Hätz gekränk,
Dann sorg, dat, eh der Dag vörüvver,
Ding Reu en Flaster hät för drüvver;
Wer weiß, wie noh et Engk!«

De Toonohr schleiht:
»De Zigg vergeiht,
Wat häß Do Gods gedonn?
Wer andere Lieb un Glöck gegevve,
Dä eß om räächte Wäg geblevve,
Kann räuhig schlofe gonn.«

RUSELEID

Em Gade woren üvver Naach
Drei staatse Rusen opgegange,
Un mallig hatt an ehrer Praach
Vum Morgendau zwei Päälen hange.

Die bletzten blank em Sonnesching
Wie Tronen, die et Glöck gekresche —
Wat hät ener Rus och, jungk un fing,
De Welt vill Schlemmes opzedesche?

E Stündchen drop kom ich vörbei,
Wo wor die Bloomestaat geblevve?
En Kinderhand broch alle drei:
Et gitt och Leid em Ruselevve!

VERWELK

Ich ging spazeere
Wigg vör de Stadt,
Dät spintiseere,
Daach dit un dat.

Am letzten Hüsge
Do log om Wäg
E Bloomesträüßge,
Verwelk un schlääch.

Die Blöömcher woren
Om Feld geplöck;
Nit lang dät doren
Dat neue Glöck:

En Wiel gedrage
Vun Kinderhand
Un dann verschlage
Bei Stein un Sand! –

Su weed em Levve
Männich jungem Blod
E Glöck gegevve,
Dat eß nor koot,

Steiht unverdorve
Un kängesund
Un eß gestorve
Noh *einer* Stund!

DER KRANKEN BAUM

Medden en der Maiepraach
Steiht ene kranken Baum,
Dräumb beim Nachtigalleschlag
Singe letzten Draum:

Süüht sie sonnig Jugendland,
Denk an Blöt un Frooch,
An dat Glöck, dat hä gekannt,
Zick hä Woozele schlog.

Öm der einzige grönen Aß
Spillt ene Sonnestrohl,
Dat sing Blädder, klein un blaß,
Lööchten allzemol.

Un der Baum trotz Ping un Leid
Dräumb, hä wööt gesund,
Dräumb sich en die Silligkeit
Bis zor letzte Stund. —

AM WÄGKRÜTZ

Et steiht e Wägkrütz vör der Stadt
Verloßen un vergesse;
Der Meister, dä et hät gemaaht,
Weed keiner wahl mih wesse.

Et steiht do unger 'nem alen Baum,
Ne Reß geiht durch de Medde;
Der Herrgodd dran erkennt mer kaum,
Dä hät et miets geledde.

Doch wenn dat Krütz verzälle künnt,
Et wöß uns vill ze sage
Vun Minscheleid un Minschesünd,
Wat all woot derrgedrage.

Der ein gingk en de Stadt erenn
Voll Hoffnung, unverdorve,
Un kom zeröck met schwerem Senn:
Sing Unschold wor gestorve.

Der andere trok zor Stadt eruus,
De ganze Welt ze kaufe,
Un schlech sich beddelärm noh Huus
Un stervensmöd vum Laufe.

Se maahten an dem Wägkrütz Hald,
Die su op heim aan ginge,
Un hann dem Herrgod dran verzallt,
Wovun ehr Hätz wollt springe.

Dä hät se stomm bloß aangelot
Bei ehrem bettere Klage,
Un jedem wor, als wenn hä hoot:
»Ich hatt noch mih ze drage.«

Dann woot dat Hätz do unger stell,
Wie schwer et hatt geledde,
Un saaht getrus: »Wie Godd et well!«
Un kunnt sich widder bedde. –

Jitz steiht dat Wägkrütz vör der Stadt
Verloßen un vergesse,
Un nit mih lang – woot meer gesaaht –
Dann weed et avgeresse!

DIE OM WÄG

All, die om Wäg zerlump, zerresse
Un scheu an uns vörüvvergonn,
Vun räächter Arbeid nichs mih wesse
Un Daach un Desch un Lieb vermesse,
Die ha'mer immer leid gedonn.

Wer reß ehr Levvensglöck zesamme?
Wor nit ene Judas bei der Hand?
Wie wor dä Baum, vun däm se stamme?
Woherr die heiße, düstere Flamme,
Die inne Liev un Siel verbrannt?

Wor mallig och die Kraff gegevve
Ze drage, wie et Schecksal schlog?
Un wann dat för et ganze Levve
Nichs als ene Krützwääg hatt verschrevve,
Dröck zo vill Leid nit wie ne Floch? –

All, die om Wäg zerlump, zerresse
Un scheu an uns vörüvvergonn,
Vun räächter Arbeid nichs mih wesse,
Die Daach un Desch un Lieb vermesse,
Meer hann se immer leid gedonn!

AM ALE KRÜTZ

Steiht e Steinkrütz an dem Wäg,
Eß vum Wedder gro un schlääch;
Doch all dennen, die jett drage,
Weiß et immer noch ze sage:

»Dann ehsch dröck dich schwer e Leid,
Wann dien Hätz zum Himmel schreit:
Här! Zo dunkel sin Ding Stroße,
Woröm häß Do mich verloße?«

E STELL PLÄZGE

Wo noh am Rhing drei Pappele stonn,
Do hann ich off als Kind gesesse;
Männich Hätzeleid wor flöck vergesse,
Subal ich sohch de Scheffe gonn.

Ich wor met innen op der Faaht,
Der Rhing erop, der Rhing erunder,
Un dräumbte mich en all die Wunder,
Womet de Welt sich schön gemaaht.

Jitz ben ich ald. Wie domols deit
Dat Pläzge mich zum Dräume locke,
Un kütt e Scheff elansgetrocke,
Mien Hätz noch immer met im geiht.

Un doch wie andesch! Jugend drängk
Sich heiß un höstig, well erlevve;
Wer ald eß, weiß sich drenn ze gevve:
Et kütt doch selde, wie mer denk!

DER DÄNNENBÖSCH

Wer hät der Dännenbösch nit gän?
Do eß et stell, un noh un fän
Geiht alles wie op Schlüffger.
Un wat do durch de Krune trick,
Rüch lecker wie de Chreßdagszigg
Derheim en Stuvv un Stüvvger.

Brängk och der Winter Schnei un Froß,
Un blös et scharf us Nood un Oß,
De Nodele nie verkale.
Fresch bliev dat gröne Dännekleid:
E Hoffnungsbild em Äädeleid
För Junge wie för Ale!

Weed düüster Dinge Levvenswääg,
Un fings Do Dich nit mih zerääch,
Gangk durch der Bösch spazeere!
Dä singk em Wind e Wunderleed,
Vum Herrgodd selver kumponeet,
Dat weed Dich bal kureere!

DE LORELEI

Am Wägkrütz sitz enen Beddeler,
Vill Lück gonn dran vörbei;
Hä höt se laachen un singe
Dat Leed vun der Lorelei.

Do — medden em Vatterunser
Höt hä met Bedden op,
E Märchen us ale Zigge
Dat geiht im durch der Kopp.

Och im hät ens gesunge
Am Rhing de Lorelei,
E Mädche met golde Locke,
Dat Leed vun Lieb un Treu.

Dat Leed hät im geklunge,
Bis dat dä andere kom
Un im dat golde Märche
Us singem Levve nohm.

Hä kunnt et nit vergesse
Un moot dran ungergonn;
Dat hatt met ehrem Singe
De Lorelei gedonn! —

Der Beddeler sitz am Wägkrütz
Un kriesch grad wie e Kind;
Met singe wieße Hoore
Spillt stell der Ovendwind. — —

GLÖCKLIGE DUDE

E Dörfge sohch ich, faß am Rhing,
Blo log der Himmel drüvver,
Un golde Ovendsonnesching,
Wie't Scheffge fohr vörüvver.
Do stunnten öm de Kirch eröm
Vill Krützer, klein un große;
Se hatten all e Kränzgen öm,
Kei Grävge schung verloße.

»Wann hee der Sonndagmorge kütt«,
Su hoot ich einer sage,
»Op jedem Grav mer Blöömcher süüht,
Die mallig derrgedrage.
Un all, die woren en der Meß,
Gonn op der Kirchhoff bedde;
Hee kütt wahl keiner en Vergeß,
Ov Johre sin verledde.« —

Do hann ich stell bei meer gedaach:
»Die Duden, die do schlofe,
Die hann et bis zum Jüngsten Dag
Wahrhaftig god getroffe;
Die bruche nit, wie en der Stadt,
Et ganze Johr ze lige,
Bis dat se Allersiele grad
E Vatterunser krige.«

WO MINSCHE SIN . . .!

En Handvoll Hüsger, Schull un Kirch,
Wigg av vun Bahn un Stroße,
Su log dat Dörfge zweschen Birg
Dudeinsam wie verloße.

E Wölkche Rauch woot hee un do
Vum Wind noh'm Wald gedrevve;
E Hüngkchen bellten irgendwo,
Söns nichs vun Lück un Levve. —

Do hann ich wahl bei meer gedaach:
„Hee muß der Fridde wonne«,
Un glich e Netz vun Märchepraach
Öm Toon un Daach gesponne.

Doch wie ich esu am Steinkrütz stonn,
Dat meer der Wääg gewesse,
Un stell ming Augen drüvver gonn,
Do eß dodrop ze lesse,

Dat an där Plaz vör fuffzig Johr
Nen Halfe woot beim Jage
Vum Broder, dä jett hetzig wor,
Em Iefer — dudgeschlage! — —

AN DER MOSEL

Kooz kom ich op ener Wanderfaaht
Och an e Moseldörfge,
Dat log en all dä Wingbirg grad
Wie en enem gröne Körvge.
De Hüsger gro, urald de Kirch
Un holperig de Stroße,
Su hung et zwesche Floß un Birg
Dudstell un weltverloße.

De Sonn wor grad am ungergonn,
Leis dät de Mosel ruusche;
Do blevv ich stell am Wasser stonn
Un kunnt nor sinn un luusche.
Hell log et Ovendsonnegold
Op Dorf un Birg un Welle,
Als hätt et einer derrgemolt,
Mer kann et nit verzälle.

E Böörche fooht sing klein gäl Koh
An et Wasser, för ze dränke;
E Fräuche kom glich drop derzo
Un dät jett Wäsch uusschwenke.
Ganz huh em Dörfge reef enen Hahn
Zwei-, dreimol wie verschlofe;
Vun unger un vun nevvenaan
Die andere Antwood gove.

Un dann wor alles widder stell. —
Ich daach: »Hee muß do blieve,
Hee ka'mer dräume, wie mer well,
Hee deit dich keiner drieve!«
Un en dem Dörfgen »Ungenannt«
Männich Leed mer eß gelunge:
»O Moselstrand, o selig Land!«
Weed doch met Rääch gesunge!

WANDERLEED

Fresch op! Hügg geiht et üvver Land,
Der Ranzen öm, der Stock zor Hand:
Meer wandere!
»Kling-klang!« de Mussik spillt vörop,
Meer singe fruh uns Leedcher drop,
Meer wandere.

Uns lock der Birg, uns lock der Wald
Un, wat do all eß uusgestallt,
Zum Wandere;
Ov Rähn et gitt ov Sonnesching,
Et eß doch immer schön am Rhing
Zum Wandere!

Meer maachen Hald, wo't uns gefällt,
Un bruche keine Penning Geld
Beim Wandere;
Em Rucksack ha'mer alles drenn,
Wat nüdig eß noh unsem Senn
Beim Wandere.

Un geiht et widder op Köllen aan,
Dann föhlt mer, wie et Hätz hängk dran
Trotz Wandere:
Wie größe stolz vum Dom de Tön!
Uns Köllen bliev doch einzig schön
Trotz Wandere!

SCHWALVTERLEED

Hin un her
Un op un nidder,
Krütz un quer
Un fott un widder.
Jitz em Blau
Un dann zor Ääde,
Ohne Rauh
Un ohn' Beschwääde,
Wie der Bletz durch Looch un Leech,
Geiht uns Jaag op Möck un Fleeg.

Huh om Birg,
Em stellen Dälche,
An der Kirch,
En Stuvv un Sälche,
Hee em Stall,
Do an der Stroße,
Üvverall,
Wo Minsche krose
Op dem Land ov en der Stadt,
Hängk uns Glöcksneß ganz apaat.

Eß Fatzung
Em Kindersäge,
Dat sich Jung
Un Weech bewäge
Frei vum Neß
Bis an der Himmel,
Kein mih eß
En däm Gewimmel,
Die der Flog määht lahm un heiß,
Weed noh Afrika gereis.

Üvver et Meer
Eß schwer ze störe,
Godd, der Här,
Dä muß uns föhre.
Hunger driev
Noh'm fremde Sand,
Heimat bliev
Et deutsche Land.
Kütt em nöchste Johr der Mai,
Si'mer widder do! Juchhei!

FOSSTAPPE

Huh log der Schnei op Baum un Wääg,
Ich fung mich kaum em Park zerääch.

Op eimol sohch ich, fresch un klein,
Zwei Tappe gonn, ganz koot bei'nein.

Un noh 'ner Wiel, wat zeig sich do?
E groß Paar kom quer op se zo!

Se trofe sich, un op där Plaz
Do wor der Schnei verwäult, verkratz.

Et Päddche leef hee jett erop,
Ich fung gelich veer Tappen drop,

De große links, de kleine räächs,
Och durgenein off ungerwägs.

Bis an en Bank fooht mich de Spoor —
Wer säht mer jitz, wat do wahl wor?

KLATSCHRUSE

Frau Krönzel stitzelt op der Maat,
De Täsch em Ärm, der Mungk parat
Zum Handelen un zum Klaafe.
Se fääg de Reih erop, erav,
Se schnüffelt jedes Körvgen av,
Ehr Häng sin schwatz vum Raafe.

Su hät se grad de Maattäsch voll,
Do kütt ehr Fründin, de Frau Knoll,
Quer op se aangelaufe:
»'n Dag, Frau Krönzel! Och wie nett,
Dat ich Üch treffe! Wadt doch jett,
Muß flöck en Hähnche kaufe!«

»Geweß, Frau Knoll, vun Hätze gän!
Ich waden do am Golde Stän,
Ehr wädt jett Neues höre!« –
Glich drop do fingen sich die zwei,
Un dann geiht loß die Hechelei,
Nichs kann dä Bubbel störe:

»Hä eß...! Sei wor...! Ich hann gehoot,
Nit lang mih dat met dennen dot;
Doch well ich nichs gesaaht hann!« –
»Wat Ehr nit saht!« – »Ija, da'ß wohr!« –
»Nää, nää, ich krääg mich met de Hoor,
Wie dat nor einer dunn kann!« –

Su geiht et hin, su geiht et her;
Frau Knoll un Krönzel drage schwer
An ander Lück ehr Saache.
Ehr Nasen, Augen bubbele met,
Sugar de Häng die sin op Rett,
För alles klorzemaache.

Em halver zwölf do schrömb noh Huus,
Frau Krönzel met däm sillige Trus:
»Där muß mer nor jett sage,
Dann weiß et bal de ganze Stadt!«
Frau Knoll denk: »Wat dat Wochenblatt
Doch hät alld rundgedrage!«

ET WUNDERKIND

Et wor em Mai. —
Trick do e Pärchen durch der Park,
Vörop sie Glöck em neue Kinderwage;
Sei stört in muttersillig,
Hä schrigg stark
Un vatterstolz dernevve. —

Su ävvens wor en Nohberschfrau
Vör minger Bank bei inne stonngeblevve;
Dat Kind sinn un de Häng zesammeschlage,
Wor bei ehr ein:
»Nää, wat e adig, lecker Klein!
E Mädchen doch? Wie zuckersöß, wie nett!
Un ehsch veer Wochen ald?
Et reinste Wunderkind, wahrhaftig!
Wäm glich et eckesch? Wadt ens jett:
De Steen, et Nääsgen, hee die Fald —
Dat eß der Pappa. Vun der Mamma
Sin Hoor un Augen un et Müngkche. —
Godd nää, wat hat ehr Lückcher doch e Glöck!
Un meer (he kresch se!), meer hann bloß
Derheim — e Hüngkche — bloß — e — Hüngkche!«
Un domet hatt se sich verdröck. —

Stell trick dat Pärchen durch der Park,
Vörop sie Glöck em neue Kinderwage;
Sei stört in muttersillig,
Hä schrigg stark
Un vatterstolz dernevve. —

De Nohbersch ävver eß glich drop
Noch bei 'ner Fründin stonngeblevve,
Un wie't der Zofall well, ich gonn vörbei,
Wie grad dat Wunderkind eß an der Reih:

»... noch nit gesinn? ... ärmsillig Weech ...
... Veer Wochen ald ... bal kei Geseech ...
... En richtige Aap ...!«

Et wor em Mai. –

MODERN MOLEREI

Moderne Möler hatten hee en Kölle
Ehr Bilder uusgestallt vör kooter Zigg.
Un weil mer hoot esu vill dervun verzälle,
Leef alles derr, wat kunnt, vun noh un wigg.

Dat wor e Roden un e Disputeere,
Wat jedes Bild do wahl bedügge mooch!
Der ein dä sook der andere ze belehre,
Un dann woot flöck der Katalog gefrog. –

Su stunnt och ens vör su ’nem Frogezeiche
Ne Knubbel Kölsche, mallig schott der Kopp;
Dat Dinge wor och rack zum Heenerweiche,
Als hätt der Möler Pinselen uusgeklopp.

»Et Fägföör eß et, kanns Dich drop verloße!
Süch, wie de Flammen öm de Siele schlonn!« –
»Do beß wahl geck! Vun Sodoma de Stroße
Sin dat, do süüht mer jo de Salzsäul stonn!« –

»Och wat«, leet jitz enen andere sich vernemme,
»Dat eß e Scheff, dat brennt un ungergeiht!
Hee zwei Matrosen op et Land aan schwemme,
Un en der Medde noch der Maßbaum steiht!« –

Do ävver reef ene veeten: »Da’ß geloge!
En Hex weed op dem Scheiterhauf verbrannt,
Un wa’mer unse Föhrer jitz befroge,
Dann wädt ehr sinn, do eß et su benannt!« –

Se schlage noh. Do steiht vum Bild geschrevve,
Et wör – op Kölsch gesaaht – en Teepottsschnuut,
Der Teepott dran, dä dät em Damp grad schwevve,
Em Hindergrund ene Vörhang, gääl un rud. –

JUGENDZIGG

WEEGELEEDCHE

Schloof, mien Hätzge, gode Naach!
Nor e Kätzgen om Daach
Röf allein noch: »Miau!
Och, wo eß doch ming Frau?«
Un e Hüngkche noch bellt,
Weiß och nit, wat et wellt.

Schloof, mien Hätzge, gode Naach!
Do — et Öhrche schleiht aach!
Glich et Engelche kütt,
Eß bedröv, wann et süüht,
Dat mie Kindche nit schlief
Un sie Nääsge noch riev.

Schloof, mien Hätzge, gode Naach!
Hell et Möndche jitz laach
An der Finster erenn,
Weil mie Kindche schleef en.
All de Stäncher sin do
Un de Äugelcher zo. — —

KIND UN FREUD

Günn Dinge Kinder Freud un Glöck,
Su vill der Mai mag gevve!
Nie widder kütt die Zigg zeröck,
De schönste Zigg vum Levve.

Wat nor an Hätzenssilligkeit
De Jugend metgekrääge,
Em Alder noch sing Zinsen deit,
Hilf grad wie Goddes Säge.

Un hald vum Kinderhätzge fän
Noh Kräfte Krütz un Kummer!
Fällt op de Blöte zo vill Rähn,
Dat gitt ene schläächte Summer.

Et ganze Levven drunger ligg,
Määht ald noch vör de Johre,
Wann en der golde Jugendzigg
Et Laache geiht verloore.

Dröm eß de Freud et Allerbeß,
Wat Do 'nem Kind kanns schenke;
Do sechers Deer — dat eß geweß —
E sillig Aangedenke!

DE SCHULL ESS UUS!

Kei Veedel hät en Köllen am Rhing
Dat Puutespill wie Zinter Vring:
Wann et do veer Ohr des Meddags schleiht,
Un an der Schull de Döör opgeiht,
Dann wääg et sich bal op der Stroß
Wie en ener große Kevverndos.
Dat wimmelt, höpp un läuf un laach,
Mer meint, et wör der Jüngsten Daag;
Et Annche schreit, der Köbes fleut,
Der Pitter schleiht de Trummeleut;
Hee springk mer Seil, do flüg enen Ball,
En Tafel basch met hadem Knall;
Zwei hann sich met der Woll gepack
Un haue sich me'm Ömmersack.
Un wann de kleinste Köttelen dann
»Meer hann kein Arbeid!« stemmen aan,
Dann säht mer sich en jedem Hus:
»O jömmich noch, de Schull eß uus!«

FERIE

»Ferie, Ferie!« laach et Fränzge,
»Endlig sin se do, hurra!
Morge packen ich mie Ränzge,
Geiht et bei der Großpapa!

Großpapa hät Hoff un Gade
Un ene staatse gröne Rock,
Hät en Büchs, die eß gelade,
Un för Fränzge nie — ne Stock.

Großmama back leckere Saache,
Großmama verzällt esu schön,
Großmama versteiht ze maache
Löstige Spillcher, kölsche Tön.« —

Da 'ß en Freud, e sillig Levve!
Un de Schull die litt esu wigg!
Kann et wahl jett Schöneres gevve
Als em Hervs de Feriezigg? —

ET WOR ENS...

»Komm, Mütterche, verzäll mer,
Bis dat et düüster eß,
Noch ein vun dinge Märcher,
Wie do versprochen häß!«

Et Fritzge hät sien Bänkche
Sich flöck zeräächgeröck,
Un dann kütt en et Stüvvge
Ganz höösch et Kinderglöck.

»Et wor ens...« fängk wie immer
Dat neu Verzällchen aan,
Dat Märche vun dem Essel
Un Hungk un Katz un Hahn.

Dem Fritz sing Augen blänke,
Der Odem bliev im stonn:
Hä süüht die Musikante
Noh'm Räuberwetshus gonn.

Jitz sinn se durch et Finster,
Jitz geiht et bums — klingeling!
Un dann — dann sitz dat Kliebladd
Beim Broden un beim Wing.

Haha! Wie laach et Fritzge
Dä Räuberhaupmann uus,
Dat dä met singe Truppe
Läuf us dem eigen Hus!

»Un wann se nit gestorve«,
Schlüüß Mütterche gescheit,
»De Bremer Musikante
Die hätten hügg noch Freud.«

»Un wer et zeletz verzallt hät«,
Et Fritzge läht der Ärm
Öm't Mütterchen un bütz et,
»Däm eß der Mungk noch wärm.« —

E MÖSCHEBEGRÄBNIS

Et wor dise Summer. Do kütt op enen Daag
Der Fritz en et Zemmer gesprunge
Un hät en dud Mösch en der Hand, un hä laach:
»Die hann ich em Gade gefunge!«

»Komm Liesge, komm met!« hä zum Schwesterche säht.
»Die weed hügg begraven em Gade,
Lauf flöck ehsch un dunn noch der Jupp un et Nett
Zum Möschebegräbnis enlade!« –

Et Liesgen dat läuf, dat im fleegen de Zöpp,
Vör Iefer sing Bäckelcher flamme;
Et weiß, op dem Keeschbaum do fingk et die Ströpp,
Glich drop eß dat Schmölzge zesamme.

Der Fritz, dä alld deent en Zint Görres de Meß,
Muß hügg der Pastor hee avgevve;
Der Jupp dräht de Mösch en 'ner Greffelekeß;
De Mädcher gonn lantsam dernevve.

Se halden ehr Schützelcher vör et Geseech
Un dunn su, als däten se kriesche;
Der Jupp süüht vum eine noh'm andere Weech
Un deit sich sie Nääsgen avstriche.

Der Fritz ähnz vöropgeiht wie singe Pastor
Un deit sich genau wie dä halde
Un fääht sich wie dä och ens üvver de Hoor
Un trick och sing Steen jett en Falde. –

No sin se am Keeschbaum, hee maachen se Hald,
Der Jupp setz sing Dudelad nidder;
Hä kühmb ens, als wör hä Godd weiß alld wie ald,
Un deit su, als hätt hä der Zidder.

Hä kromb enen Eßlöffel us singer Täsch
Un böck sich un määht ehsch veer Schrömcher;
Dann schöpp hä däm Vuggel sie Grävge zerääch
Un setz an et Koppengk zwei Blöömcher. —

De Mösch eß begrave! De Mädcher jitz hann
Genog lamenteet un gekresche;
Do hämsch der Pastor, un hä süüht se all aan
Un fängk vun der Mösch aan ze spreche:

»Hier unter dem Kirschbaum, da lieg jitz dä Hans,
Dä süns hat da obe gesesse
Un hat da gepiepsch un gehüpp un gedanz
Un uns all de Kirsche gefresse.

Jitz muß er derfür auch — un dat iß im gut —
Ganz dief in der Müschehöll sitze,
Da schwitz er sich immer vun neuem ze Dud,
Dat iß för sein Kirschestibitze!« —

Der Fritz dä eß fädig. Die andere stonn
Un künne vör Staune nichs sage,
Bis dat dann der Jupp meint: »Mer welle jitz gonn,
Die Prädig — — — die litt mer em Mage!«

MAIAANDAACH

Ehr Kinder, kutt, der Mai eß do!
De Klocke lügge fän un noh,
Wer wollt nit op se höre?
»Kutt en de Kirch zor Maiaandaach!«
Su rofen se met jedem Schlag,
Loßt üch vun keinem störe!

Der Maialtar steiht fing bekränz,
Et Muttergoddesbild dat glänz,
Hell brennen all de Leechter.
Wat och geschenk weed zo däm Feß,
Ör Hätz voll Unschold eß et Beß,
Ehr Jungen un ehr Weechter!

Singt fruh un hell noh Kinderaat
Die Leedcher all, die sin gemaaht,
Maria jitz ze größe,
Un flääacht us fromm Gebeddcher ganz
Dann noch ene schöne Rusekranz,
Dä läht »Ehr« stell zo Föße!

Un föhlt ehr alld e better Leid,
Der Mutter der Barmhätzigkeit
Dörft ehr et räuhig klage;
Se dröck et en dem Sonn sing Hand,
Dä noch e grööter Krütz gekannt,
Un bruch im nichs zo sage.

Dröm, Kinder, kutt, der Mai eß do!
De Klocke lügge fän un noh,
Wer wollt nit op se höre?
»Kutt en de Kirch zor Maiaandaach!«
Su rofen se met jedem Schlag,
Loßt üch vun keinem störe!

AM LETZTE SCHULLDAAG

Mer hören op, de Dag ze zälle,
Der letzte Morgen eß jitz do;
Nor eimol deit et noch ens schelle,
Dann bliev för uns de Schulldöör zo.

Dat, wat mer stell en all dä Johre
Su off gewünsch, zeehsch, zeletz:
De golde Freiheit — soll no koore
Uns veezehnjöhrig Jungehätz.

Mer bruche nit mih stell ze setze
Vun aach bis zwölf, vun zwei bis veer
Un üvver Boch un Heff ze schwetze;
Wat nüdig eß, dat künne meer.

Un doch! Wo't heisch jitz Avscheed nemme
Vun Lehrer, Schull un Kinderzigg,
Do well et met der Freud nit stemme,
Jett andesch durch et Hätz uns trick:

Wie sorgefrei wor doch uns Levve,
Voll Freud un Spill un gecke Tön!
Su'n Dag, die weed et nit mih gevve
Un woren doch esu einzig schön!

Mer wäden off noch an se denke,
Uns wünschen en die Zigg zeröck;
Soll doch et Levve nichs mih schenke,
Wat silliger wör als Jugendglöck!

ZUM AVSCHEED

Do muß no fott us Dinger Vatterstadt
Un steihs zum ehschte Mol allein em Levve;
Ich well Der dröm jett op der Wääg metgevve,
Wat ich alld lang för Dich om Hätzen hatt:

Zum ehschte: Hald mer an däm Herrgodd faß,
Dä hee op Ääden hät esu schwer geledde,
Un däm sie Mutter gän för Dich deit bedde,
Wann Do e Krütz drähs ov en ander Laß!

Zum zwette: Gevv op Dingen Ömgang aach!
Eh dat sich einer Dinge Fründ darf nenne,
Lehr in zeehsch vun alle Sigge kenne;
De wohre Fründschaff eß en hellige Saach!

Zum drette: Wo Do immer beß, bedenk,
Wann Do met Frauen un Mädcher deis verkehre,
Wat Do wahl däts, wenn einer nit wöll ehre
Die Frau, die Deer ehr Hätzblod hät geschenk!

Zo goder Letz dann noch: Bliev grad un treu
Un ehrlig su em Handele wie em Spreche!
Do weiß, dä Krog muß doch am Engk zerbreche,
Un all et Flecke mäht in nit mih neu.

No gangk met Godd! Noch eimol dröck ming Hand,
Noch eimol looß mich en Ding Augen blecke!
Mööch Dich de Fremde doch esu widderschecke,
Wie Dich Die Vatter hät bis jitz gekannt! –

E KINDERLEED

Ens komen an mingem Hus vörbei
Drei Weechter, Ärm en Ärm;
Se sungen e Kinderleed vum Mai,
Dat maaht et Hätz mer wärm.

Et schlog ene ganze apaate Schlag,
Su neu un doch bekannt,
Als dät sich im op en singer Praach
Et golde Jugendland:

Dat Land, wo nor selde Krütz un Leid,
Kein Sorg öm Dud un Graav,
Doch vill vun der eige Silligkeit
Der Himmel scheck erav. –

Die Weechter woren alld längs wie wigg,
Mer hoot nichs mih vum Leed;
Ich ävver, ich dräumbte vun der Zigg,
Die nie mih kumme weed. – –

JOHRESLAUF

MÄÄZLEED

Der Määzwind geiht!
Et freet un schneit,
Well widder Winter wäde;
Doch nor getrus,
Et spinks alld lus
De Maipraach us der Äàde!

Der Määzwind geiht!
En Amsel schleiht
Em Baum vum Nohberschgade:
»Ming Huhzigg eß
Noch ungeweß,
Mer müsse noch jett wade.«

Der Määzwind geiht!
E Mädche steiht
Em schwatze Kleid am Finster:
»Dä mich hatt gän,
Bliev immer fän,
Litt unger Heid un Ginster.« —

ET FRÖHJOHR KÜTT!

Et Fröhjohr kütt! An Struch un Baum
Spinks us dem Knopp et ehschte Bladd,
Hät höösch noh'm lange Winterdraum
De Finsterladen opgemaaht.

Et Fröhjohr kütt! En Amsel sök
De Note vun däm Liebesleed,
Dat uns verzälle soll ehr Glöck,
Wann Aanfangs Mai se Huhzigg feet.

Et Fröhjohr kütt! Dä Sonneglanz
Lock op de Stroß et Puutespill;
Dat springk un singk em Rusekranz
Un hät jitz Freud mih wie zevill.

Et Fröhjohr kütt! Op stellem Wäg
Jung Lieb sich ehres Levvens freut
Un, hät se alld jett Mod gekrääg,
Om Weiher gän der Naachen däut.

Et Fröhjohr kütt! Nor Ühm un Möhn
Sich halde noch ehr Stüvvge wärm:
»Dat Wedder eß för jung Lück schön,
Uns määht et krank en Bein un Ärm!«

OSTERKLOCKE

Üvverall en Stadt un Land
Gonn de Osterklocke;
Wie geleit vun Engelshand
Kütt der Klang getrocke,

Trick durch jede Stroß un Gaß,
Trick durch Pooz un Döörche,
Well zum Richen em Palaß,
Well zum ärmsten Böörche,

Well en jedes Minschenhätz
Freud un Fridden drage,
Wat an Sorge, Leid un Schmätz
Dren eß, drus verjage,

Dat voll Ostersilligkeit
Mallig kann dran denke,
Däm, dä im am nöchste steiht,
Hügg jett Schöns ze schenke!

WIESSE SONNDAAG

Wieße Sonndaag! Feßlig klinge
All de Klocken en der Stadt,
Schöner Fink un Amsel singe,
Bunter lööchten Blöt un Bladd,
Heller litt op Toon un Daach
Hügg de Fröhjohrschsonnepraach.

Wieße Sonndaag! Engel kneene
Am Altar em Feßgewand,
Dragen Unschold op de Steene,
Kääzeleechter en der Hand;
Vatter, Mutter sillig stonn,
Sinn ehr Kind zum Herrgodd gonn.

Wieße Sonndaag! Ich muß denke
An ming Jugendzigg zeröck,
An die Stund, die meer dorf schenke
Su en einzig Engelsglöck.
Un op eimol, heiß un stell,
Dröpp et hinger mingem Brell. — —

DER MAI

Der Mai, dat eß ene leeve Jung,
Dä mag wahl mallig ligge;
Hä brängk uns widder en Fatzung,
Wann noch esu schwer de Zigge;
Sing Wunderpraach
Op Nud un Naach
Schenk Freud noh alle Sigge.

De Kinder springen durch der Rähn,
Un weed och naaß et Köppche,
Ne gode wärme Maiesähn
Hilf waahße jedem Ströppche.
Dat singk un danz
Em Rusekranz
Un spillt met Ball un Döppche.

De Lieb eß mih wie söns op Rett,
Ehr A-B-C ze lehre;
Mer höt em Park op Schrett un Trett
De Pärcher buchstabeere.
Frau Nachtigall
Versteiht et all
Un deit et kumponeere.

Wer ald eß, sök en sonnige Bank
Un wärmb sich Rögg un Glidder;
De Luff eß wie 'ne Zauberdrank,
Verdriev de Geech, der Zidder.
Un dä noch deef
Em Hätze schleef,
Der Levvensmod, kütt widder.

Wer Rümcher määht en Stadt un Land,
Kritt jitz der Deechterfimmel,
Nimmb Fedder un Papeer zor Hand
Un kromb em Reimgebimmel;
Der Pegasus
Dä muß eruus;
E Maileed schreit zum Himmel!

MAIOVEND

Frau Maisonn wollt grad schlofe gonn,
Wor möd vun all der Praach,
Do blevv ene Strohl vun ehr noch stonn
Om ahle Kirchendaach.
Vun bovven hoot un sohch hä jett,
Wat im zo good gefeel;
Dröm wollt hä noch nit en et Bedd
Un spinkste lus un stell.

Do unger schlog en Nachtigall
Em Gade vum Pastor;
Wie paßten bei dä söße Schall
Dat Bildchen an der Mor!
Hee stunnt em Schatte vun der Wand
Em fresche Maiegrön
Ganz wundersillig Hand en Hand
E Pärche, jungk un schön.

Dä Strohl om Daach wollt besser sinn,
Klomm bis zum Hahn erop;
Do ävver reef sie Mutter in:
»Jitz en et Bedd, do Stropp!
Dä zweien do ehr Maieglöck
Beim Nachtigalleschlag —
Do hald dich besser vun zeröck,
Dat eß dem Mond sing Saach!«

WALDMAIAANDAACH

Em Wald eß Maiaandaach. –

Su ävvens, grad en Stund noh Meddernaach,
Hät Köster Wind et Lüggen engestallt.
All Maiklöckelcher em Wald
Se mooten hügg vun zwölf bis ein
Ehr »Bimbam-Bimbam-Bimbam« singe.
Dat wor e lus un heimlig Klinge,
Dat mich zor Maiaandaach hatt engelade!

Noch eß et stell em huhen Dom.
Nor höösch, ganz höösch geiht durch et Meddelscheff,
Dorenn ene finge Maiendöff
Wie Weihrauch steiht,
E Flösteren un e Mummele,
Als wenn do einer wör am bedde.
Wer mag dat sin jitz medden en der Naach?
Süch do! Et eß de al Frau Müllenbaach,
Die sich zick Johren alld
Hät medden durch der Wald
Ne Stationewääg
En Stein un Grund geschnedde;
Un ehre Wellezungeschlag klingk ganz,
Als bääten einer stell vör sich
Der Rusekranz.

Der Mond geiht op.
Hä streut sie Selverleech
Op Wääg un Struch un Baum,
Dat alles lööch rundsöm esu zauberhell
Wie en dem schönsten Draum,
Dä mich beglöck en minge Kinderjohre.

Un wie ich do su stonn un lore
Voll Staunen en die Märchepraach,
Kütt widder Köster Wind ze gonn
Un setz sich met Bedaach
— Hä eß och Orgeleß em Dom —
Jitz an sien urald Instrument
Do bovven en dä prächtige Krune.
Hä spillt dorop, esu zaat et geiht,
En eige Melodie.
En Nachtigall, die hee noh langer Faaht
Sich widder ens der Heimat freut,
Stemmb glich derzo ehr Wunderstrophen aan,
Worenn esu ganz apaat
Wie wahl en keinem andere Leed
Die Königin besungen weed,
Die üvver all de Engelchöre
Em Himmel darf et Zepter föhre.

Dat Deerche singk
Sing Muttergoddeslitanei
Allein un zunder Raß,
Bis dat dem Mond sie Leech verblaß,
Un Morgesonnegold sich stödig
Op Gras un Bladd un Blöte läht.
Ei Vüggelche noh'm andere wackrig weed
Un hivv sie Köppche, määht »Zi-piep!«
Un springk us singem wärme Neß.
Un wie op eimol jitz der Orgeleß,
Als hätten hä dorop gewadt,
Sie stärks Register trick,
Do präludeet de Bládderorgel
Gewaldig,
Un all die Sängere, noh un wigg,
Ein jeder op sing Aat,
Se setzen en met ehrem Feßgesang:
»Maria, Maienkönigin.«

Villdausendstemmig eß dä Klang,
Dä do eropsteig en et Himmelsblau.
Ich singe met un größe
Die hellige, reinste Frau
Un lägen ehr mie Leid getrus zo Föße.
Zo goder Letz noch bedden ich
E kräftig Vatterunser,
Un all die Vuggelstemmcher bedden och
Un jubileere sonnesillig
Ehr »Amen! Amen!« –

De Maiaandaach em Wald eß uus:
Wie einzig eß se doch
Die Mutter voll der Gnade,
Wie einzig och dat gröne Goddeshuus! – – –

PINGSTE

Wann de Maiepraach em Wald noch steiht,
Fink un Nachtigall am schönste singe,
Wann de Wis sich zeig em Bloomekleid,
Un om Wäg de Wanderleeder klinge —

Wann met Mussik stolz der Rhing erop
Scheffe fruhgestemmbte Minschen drage,
Wann et echte kölsche Hätz geiht op,
Weil zeehsch de Kirmesklocke schlage —

Wann et mallig eß, als künnt de Welt
Nit mih sonniger un schöner wäde,
Wann mer bedde mööch en Wald un Feld:
Dann, süch, dann eß Pingsten op der Ääde!

SUMMER

Et eß esu en goldige, glöcklige Zigg,
De Zigg vun de Rusen un Nelke;
De Welt eß voll Sonn un et Hätz esu wigg,
Nichs mahnt an Vergonn un Verwelke.

Un doch gild noch immer dä urale Sproch:
»All Schönheit muß eimol verderve«;
Noch immer spok wigger dä urale Floch:
»All Levve muß endlig ens sterve.«

Wie schön och der Summer, wie jungfresch sing Kraff,
Wie lang hä och mag bei uns wiele,
Der Dud steiht derhinger un grins: »Wadt nor av,
Ming Zigg die kütt doch: Allersiele!« –

HERVSWEDDER

Der Hervswind fääg durch Stroß un Gaß,
Hä deit wie weld em Jage,
Rieß alles met sich, wat nit faß,
Un sök et fottzedrage.
Wat möd un matt
Vun Bloom un Bladd,
Däm koß et Kopp un Krage.

Am Himmel kütt ene Wolkewall
Zerfetz un schwatz getrocke;
Mer süüht im aan, dat üvverall
Schwer Schore Rähn drenn hocke.
Geiht loß der Danz,
Dann klingk et ganz
Wie Hexespill om Brocke.

Dat flatsch un flahstert lans et Huus
Un schnuf en alle Ecke,
Dat springk un spritz, dat bröllt un brus,
Als sollt et Dude wecke. —
Mich häld em Ärm
Mie Stüvvge wärm,
Do kann kei Wedder schrecke!

ALLERSIELEZIGG

Wann druuße sterven Blöt un Bladd,
Am Himmel düüstere Wolke jage,
Dann fällt et mallig dubbelt hadd,
Sie Kirchhoffskrütz getrus ze drage.

Dann brennt et Allersieleleid
En al un fresche Hätzenswunde,
Un schwer dröck Dud un Iwigkeit
Op Siel un Senn en stelle Stunde.

Doch Mod! Wie och et Schecksal trof,
Do beß et nit allein op Äade:
Wer Deer Dien Allersiele gov,
Dä liet och widder Ostere wäde!

ALLERSIELETRUS

Wann Dich der Herrgodd pröfe well,
Nimmb hä am allerleevste
Dat, wat Dien Hätz föhlt silligstell
Als Glöck am allerdeefste.
Un all Ding Lieb eß nit emstand,
Kein Bedden un kein Hoffe,
Et faßzehalde, wann de Hand
Vum Schecksal Dich getroffe.

Et Krütz op eimol op Der litt,
Wie solls Do dat jitz drage?
Do weiß et aanfangs selver nit,
Wann och die andere sage:
»De Zigg die heilt.« Dä Sproch eß god,
Mag hee un do wahl schötze,
De Zigg eß ävver off ze koot,
Wat kann se Deer dann nötze?

Un männichmol geiht zo deef dä Schlag,
Dien Hätz eß ganz zerresse;
De Wund sich gar nit schleeße mag,
Trotzdäm de Zigg verschlesse –
Do hilf Der bloß en Dingem Leid,
Bis dat Do küß zum Sterve,
Der Glauben an de Iwigkeit,
Dä liet Dich nit verderve!

DER EHSCHTE SCHNEI

Et flock vum Himmel
E wieß Gewimmel:
Der ehschte Schnei.
De Kinder springe,
Ehr Stemmcher klinge:
»Et schneit! Juchhei!«

Dä Wundersäge
Sich höösch deit läge
Op Wääg un Daach;
De Lück all lore:
»Wie lang mag dore
Die ehschte Praach?«

Fröh weed et dunkel;
Beim Leechgefunkel
Kütt meer enen Draum:
En mingem Stüvvge
Eß Chreßdaagsdüffge,
Et brennt enen Baum! — —

CHRESSDAAG

No eß et widder Winter woode,
Un widder kütt dä Daag eraan,
An däm die Lieb sich darf verrode,
Die jedes Minschenhätz soll hann:
Die Lieb, die uns vör lange Johre
Der Herrgodd op de Äd geboore
Un uns der Himmel opgemaaht.

Dat eß die Lieb, die well beglöcke,
Die nit ehsch frög: Woherr? Wohin?
Wann an et Hätz se well die dröcke,
Die ärm un krank un einsam sin;
Die Lieb, die gän un stell deit gevve,
Bei där de linke Hand nit weiß,
Wat grad de räächte hät gedrevve,
Un doch määht möde Augen heiß.

»Wat ehr enem andere Gods erwesse,
Dat hat ehr alles meer gedonn!«
Su ka'mer en der Bibel lesse
Un wat do steiht, dat bliev bestonn.
Op Chreßdaag solls do doran denke
— De Welt eß groß un groß et Leid —
Un solls dem Herrgodd düchtig schenke,
Hä luhnt et en der Iwigkeit!

CHRESSDAGSKLOCKELEED

De Chreßdagsklocke singe
Vum Toon ehr sillig Leed,
Un mallig us däm Klinge
Dat große Wunder höt:

Wie en ’nem Stall vör Johre
Zo Bethlehem om Feld
E Kind uns woot geboore
Un wor der Här der Welt

Un hät vum Himmel nidder
De räächte Lieb gebraaht
Un su de Minsche widder
Op Ääde fruh gemaaht. –

De Chreßdagsklocke singe
Vum Toon ehr sillig Leed,
Un mallig us däm Klinge
Dat große Wunder höt.

Un eß em Völkerlevve
Der Haß hügg bovven drop,
Su steiht doch och geschrevve:
»De Lieb höt niemols op!«

WIE ESS DER WALD ESU WUNDERSCHÖN!

Wie eß der Wald esu wunderschön
Em *Fröhjohr*, wann de Amsel lock,
Un üvverall et junge Grön
Spinks lus us singem Winterrock;
Wann widder hell
Am Stein de Quell
Ehr Wanderleed kann singe,
Un alles freit,
Wat flüg un geiht,
Un mööch de Glöcksfei finge!

Wie eß der Wald esu wunderschön
Em *Summer*, wann de Sonn drop brennt
Un en sie Märchendunkel köhn
Ehr Netz vun golde Fäddem spennt;
Wann möd un matt
Un wandersatt
Do deis em Schatte nööre
Un kanns em Draum
En Struch un Baum
De Heinzelmänncher höre!

Wie eß der Wald esu wunderschön
Em *Hervs*, wann hä verloße steiht,
Un lantsam im de Nevvelsmöhn
Hät ömgefärv sien Blädderkleid;
Wann Aß för Aß
Sing bunte Laß
Liet höösch erunderreere,
Un stomm un stell,
Wie Godd et well,
Ärm Siele gonn spazeere!

Wie eß der Wald esu wunderschön
Em *Winter*, wann et welde Heer
Met Hungsgebell un Hoongetön
Jag durch de Krune krütz un quer;
Wann üvver Naach
Fällt Rauhriefpraach,
Dat Äß un Riesger bletze,
Un en dem Saal
Vun Ieskristall
Der hellige Mann soll setze!

KREEG

MET HÄTZ UN HAND!

Et Hätz wigg op, wigg op de Hand,
Wer vun dem Kreeg zeröckgeblevve
Un en der Stadt ov op dem Land
Kann räuhig bei de Singige levve!
Et eß en große, hellige Zigg,
An Schmätze rich, doch och an Säge;
Wat do an uns vörüvvertrick,
Muß mallig Hätz un Hand bewäge.

Et Hätz wigg op! Der Stolz eruus
Un Haß un Neid un andere Flecke!
De Lieb geiht jitz vun Huus zo Huus
Un mööch en all de Hätze trecke,
De Lieb, die druußen en dem Feld
Määht rich un ärm zo Kamerade,
Die treu durch Nud un Dud uushäld
Un nit noh Notze frög un Schade.

Wigg op de Hand! Wer gevve kann,
Dä soll sich ehsch nit schwer bedenke;
Vill sin et, die jett nüdig hann,
Un sillig määht e wellig Schenke.
Wer weed vun singem Geld un God
Nit gän enen Deil för andere messe,
Wo Dausende ehr Heldenblod
Dem Vatterland ze offere wesse?

Dröm op et Hätz, wigg op de Hand,
Et gild, der Treu met Treu ze danke!
De echte Treu — e ieser Band,
De echte Lieb die kennt kein Schranke!
Wann dann dä Daag ens kütt eraan,
Wo all uns Feinde sin geschlage,
Stolz dörft ehr sagen: »Och meer hann
Zum Seeg noh Kräften beigedrage!«

AN UNS KREEGERFRAUE!

Et Hätz jitz groß un stark de Hand,
Ehr Mädcher un ehr Fraue!
Et geiht öm Hääd un Heimatland,
Do heisch et, Godd vertraue!
De Männer müsse fott zor Wehr,
Maaht inne nit der Avscheed schwer!

Et Hätz jitz groß un stark de Hand,
Zwingt Troor un Trone nidder!
Dä Godd, dä uns dat Krütz gesandt,
Dä nimmb et uns och widder;
Nit jeden Baum noh'm Sturm dolitt,
Un all de Kugele treffe nit.

Et Hätz jitz groß un stark de Hand!
Vergeßt nit, stell ze bedde
Zo där, die och et Leid gekannt,
För andere och geledde!
Un sollt üch doch et Schecksal schlonn,
Se weed met üch der Krützwääg gonn. –

OFFERKÄÄZE

Et eß alld späd! Stell geiht de Naach
Durch Gassen un durch Stroße;
De Pauluskirch en ehrer Praach
Litt düüster un verloße.

Us einem Finster nor sich stillt
E Flackeren un e Flimmere;
Do steiht e Muttergoddesbild,
Woran de Kääze schimmere.

Söns hann he zwei ov drei gebrannt,
Jitz stonn op Reih de Leechter,
Zickdäm der Kreeg sing iesere Hand
Leet föhle Frauen un Weechter.

Wat all an Nud un Qual un Leid
Hä innen opgelade,
Dat brennt hee Daag un Naach un schreit
Zor Mutter voll der Gnade.

Hell an dem Muttergoddesbild
De Offerkääze schimmere,
Un en ming Auge leis sich stillt
E Flackeren un e Flimmere.

De Pauluskirch en ehrer Praach
Litt düster un verloße,
Un stell un steller geiht de Naach
Durch Gassen un durch Stroße. — —

EN DER ZALDATEMESS

Zint Paul hät sing Zaldatemeß
An jedem Sonndagmorge;
Wer do vun Aanfang drenn gewääs,
Dä määht sich groß kein Sorge,
Wie wahl der Feldzog geiht ze Engk,
Dä föhlt, dat hä der Seeg uns brängk,
Dat Deutschland eß geborge.

Die große Kirch wor off ze klein
För all die feldgrau Junge;
’t gingk einem rack durch Mark un Bein,
Su woot gebäät, gesunge.
Un wer der Herrgodd nit mih kannt,
Dä spoot hee doch sing Vatterhand
Un hät sich heimgefunge.

Alld vill vun inne sin em Feld
Durch Nud un Dud geschredde,
Un mallig schlog sich wie ’nen Held
Un hät geblod, geledde;
De Kraff derzo — dat eß geweß —
Die blöhten op en diser Meß,
Die kom vun hee däm Bedde.

Wo Mannskraff, Mod un Frömmigkeit
Sich su zesammefinge,
Wo stolz »met Godd« der Kreeger geiht
En dat gewaldige Ringe,
Do bliev och nit der Sägen uus,
Do darf mer an de Fahn getrus
Der Kranz vun Eichen binge!

EN DER NAACH

Höösch kütt de Naach! De Stroß weed lantsam stell,
Mer höt rundsöm de Kirchenohre schlage;
E Kind schreit irgends, dat nit schlofe well,
Un fän, ganz fän rollt noch ene späde Wage.
Am Himmel bovven hell der Vollmond steiht
Un üvver jedes Daach e Laake spreit
Un laach, als dät hä »Naach zesamme!« sage.

Ich sinn us mingem Stüvvgen op dat Bild
Un muß bei all däm Fridden doran denke,
Wat sich dis Naach om Schlaachfeld wahl avspillt,
Wo grad esu sillig Mond un Stänen blänke.
Do ävver weed der Dud em Grave stonn
Un met der Sechel Blöt un Frooch avschlonn
Un nit e Veedelstündche Rauh sich schenke.

Do fällt jitz, wat voll Kraff un Levvensmod
Noch nit gedaach an Dud un an Verderve,
Un männich brav Hätz sich do jitz stell verblod,
Un männiche stolze Hoffnung brich en Scherve. —
Do maachen ich mie Finster trorig zo;
Doch noch em Schlof geiht meer dat Älend noh:
Ich dräume schwer vun Wunde, Nud un Sterve. — —

DER EINZIGE SONN

Der einzige Sonn! Nor drei klein Wood
Un leich ze buchstabeere;
Doch wer nit bloß me'm Ohr gehoot,
Däm gonn se an de Neere,
Dä föhlt dat schwere Krütz un Leid,
Dat en dä Wood geschrevve steiht:
Nen einzige Sonn verleere!

Wie dät dem Herrgodd nit et Hätz
Su heiß vun Metleid schlage,
Als hä en Mutter sohch voll Schmätz
Öm ehren Einzige klage!
Hä kunnt e Leid wie dat nit sinn;
Glich moot hä bei dat Möhnchen hin,
E Wunderwood ze sage.

Männich brave Sonn hann ich gekannt,
Dä jitz em Kreeg geblevve,
Dä wäät wor, dat en Wunderhand
In widder hätt gegevve;
Wor singer Eldere einzig Glöck
Un kütt no nie, nie mih zeröck!
Wat hann die noch vum Levve?

Der einzige Sonn! Nor drei klein Wood
Un leich ze buchstabeere;
Doch wer nit bloß me'm Ohr gehoot,
Däm gonn se an de Neere,
Dä föhlt dat schwere Krütz un Leid,
Dat en dä Wood geschrevve steiht:
Der einzige Sonn verleere!

KEIN AHNUNG

E Boorenhüsge! Grönberank
Der Givvel bis zum Daach,
Et beste Stüvvge, bletzeblank,
Voll Ovendsonnepraach!

Do benne sitz em stelle Glanz
E Möhnche vör enem Bild;
Dat Möhnchen bäät der Rusekranz —
Ich weiß, för wänn dä gild.

Weiß och, bal kütt ene schweren Breef,
Dann weed et Stüvvge grau:
Dä op däm Bild en Rußland blevv —
Godd helf Der, ärm al Frau!

DER SCHWEREN BREEF

En Mutter hatt enen Breef gekrääge,
Dä hatt wahl vill erömgelääge,
Hä kom vun Rußland her.
Ehr Häng die fingken aan ze ziddere;
Et trok ehr kald durch all de Gliddere:
Dä Breef dä wor esu schwer!

Un wie se in jitz op dät maache,
Do sohch se ehrem Sonn sing Saache
Un laaht se vör sich her:
Sien Bild, der Ring vum Nohberschliesge,
Sie Geld, sing Ohr, e Bloomesträüüßge —
Wor dröm dä Breef esu schwer?

Dann los se, kresch un moot sich setze,
Los wigger, schreite, greff noh'm Hätze —
Mer fung se dud nohher.
Un en däm Breef do stunnt geschrevve,
Dat ehre Sonn em Feld geblevve:
Dröm wor dä Breef esu schwer!

KARFRIEDAAG 1917

Em stelle Krützgang vun der Wallfaahtskirch
Spinks durch de Finstere lus et Ovendrud
Un größ do bennen om Kalvariebirg
Der Här un Meister en der letzte Nud.
Un im zo Föße, dä su schwer geledde,
E Möhnchen eß am krieschen un am bedde.

Sing Tronen bletzen op em rude Glanz
Un falle schwer erav op Stein un Sand;
Ein ziddert wie en Pääl am Rusekranz,
De letzte läht sich op sing welke Hand —
En Mutterhand, die gän der Sonn dät sähne,
Wollt hä ehr eimol, eimol noch begähne!

Ich sinn am Krütz dä stelle Goddesmann,
Ich sinn die Frau, die bal vör Gram vergeiht,
Ich sinn der Himmel aan, dä alles kann
Un doch die zwei nit hoot en ehrem Leid. —
Su eß et Schecksal noch vun Millione:
Ne Krützwääg bis zum Grav met Statione! — —

HERVSGEDANKEN EM KREEG

Alld widder fällt vun Struch un Baum
Ein Bladd noh'm anderen av,
Un widder fingk ene Fröhjohrschdraum
Sien Engk em Wintergrav.

Wat sillig hatt em Mai geblöht,
Em Summer Frooch gebraaht,
Hät sich me'm Hervswind levvensmöd
Zum Sterven hingelaaht.

Dat süüht mer zo johruus, johren,
Su lang de Welt besteiht,
Un keiner fingk mih jett dodrenn:
Wat ald genog, vergeiht!

Doch wann ene Froß sich üvver Naach
Op Knöpp un Blöte läht,
Ov medden en de Summerpraach
E Hagelwedder fääht,

Dann mööchs Do rack vör Leid vergonn,
Et Hätzblod steiht Der stell,
Do meins, Do künnts et nit verstonn,
Wat Dingen Herrgodd well.

Wat dä wahl well? Süch bloß erop
An singem Krütz! Hä sprich:
»Die Krützge paß, no nemm et op
Un draag et stell wie ich!« —

VÖR ALLERSIELE 1915

Wann em Hervs de Blädder falle
Levvensmöd un sonnesatt,
Wann de Nevvelschleier walle
Düüster üvver Dorf un Stadt,
Well kei Leedche meer gelinge,
Wo mien Hätz drenn sillig laach,
Immer denken ich beim Singe:
Bal eß Allersielendaag!

Nie hät mich dat Welke, Sterve
Su wie disen Hervs gedröck;
Nie och sohch ich esu vill Scherve
Üvverall vun Minscheglöck —
Sohch der Dud dem Kreeg nohrigge,
Hatt sing Sechel en der Hand,
Fingk de Sechel aan ze schnigge,
Feel de beste Frooch em Land.

Dröm, wo jitz de Blädder falle
Levvensmöd un sonnesatt,
Wo de Nevvelschleier walle
Düüster üvver Dorf un Stadt,
Muß ich an die Gräver denke,
Drenn versunken all die Praach,
Kann kei löstig Leed üch schenke:
Bal eß Allersielendaag!

CHRESSDAGSKLOCKE 1915

Wann de Chreßdagsklocke klinge
Feerlich durch de Winterpraach,
Kinderstemme sillig singe
Vun der stelle, hellige Naach,
Dann well en de Hätze trecke
Himmelssäge, Himmelstrus;
Freud un Fridden drenn ze wecke,
Klopp de Lieb an Hött un Huus.

Och dis Johr de Klocke klinge
Feerlich durch de Winternaach;
Doch et weed sich winnig finge
Chreßdagsglöck un Chreßdagspraach:
Zo vill Trone sin geflosse,
Zo vill Sorg zum Herrgodd bäät,
Zo vill Jugend litt zerschosse
Druußen en der fremden Äd.

Freud un Fridde sin verschwunde;
Nor de Lieb die höt nit op,
Sök sich Leid un Nud un Wunde,
Läht ehr weiche Hand dorop.
Wat em Kreeg och geiht en Scherve,
Lieb die määht et widder ganz,
Liet nit ohne Hoffnung sterve,
Brängk dem Krütz — der Lorbeerkranz!

CHRESSDAGSOVEND 1915

Chreßdagsovend! Wie dat eine Wood
Uns et Hätz liet wundersillig schlage,
Weiß mer op der wigge Welt enen Ood,
Wo mer kann sing ganze Lieb hindrage;
Hät mer einer noch, dä an uns denk,
Wann et Chreßkind all sie Glöck verschenk!

Chreßdagsovend! Stell en Mutter bäät,
Wo em Dom de Offerkääze flamme:
»Mingen Einzige litt en fremder Äd,
Leeven Herrgodd, fööhr uns bal zesamme;
Hann jitz keiner mih, dä an mich denk,
Wann et Chreßkind all sie Glöck verschenk!«

Chreßdagsovend! Un en blasse Bruck
Häld ehr Hand heiß öm e Bild geschlunge:
Unger Krütz un Helm un Heidekruck
Eß ehr sillig Liebesleed verklunge;
Hät jitz keiner mih, dä an se denk,
Wann et Chreßkind all sie Glöck verschenk!

Chreßdagsovend! An der Kinderweeg
Kriesch en junge Frau en Qual un Sorge:
»Ärme Stump! Do weiß nit, wat der Kreeg
Deer genommen alld am Levvensmorge;
Hann jitz keiner mih, dä an uns denk,
Wann et Chreßkind all sie Glöck verschenk!«

Chreßdagsovend! Wie dat eine Wood
Uns et Hätz liet wundersillig schlage,
Weiß mer op der wiggen Welt enen Ood,
Wo mer kann sing ganze Lieb hindrage;
Hät mer einer noch, dä an uns denk,
Wann et Chreßkind all sie Glöck verschenk! –

EN FREMDER ÄD

Et litt e stell Zaldategraav
Noh an der Russegrenz;
Vum Birkekrützge nick erav
Nen Helm — de Sonn drop glänz.

Der Name, dä 'ne Kamerad
Schrevv op et Krütz en Treu,
Hät Wind un Wedder uusgemaaht,
Un keiner schriev in neu.

Nit lang vielleich, dann geiht ene Plog
Wahl üvver Graav un Feld,
Un nor beim Herrgodd steiht em Boch,
Wo einsam schlief enen Held. — —

OM ZALDATEKIRCHHOFF

De Kapp av, Junge! Gooht mer höösch erenn,
Wie ehr gewennt sid, en de Kirch ze tredde!
He schlofe Männer, die voll Heldesenn
För andere hann gekämpf, geblod, geledde.

Et sin Zaldate, die bis en der Dud
Treu ehrer Fahn un ehrem Eid geblevve,
Die stell gedrage Wunde, Leid un Nud,
Dat andere künne glöcklig wiggerlevve.

Ov Fründ ov Feind — wer hee zor Rauh gebraaht,
Verdeent, dat mallig in als Held deit ehre;
Dröm eß och alles hee su schön gemaaht,
Dröm Krütz un Bloome jedes Pläzge zeere. —

De Kapp av, Junge! Gooht mer höösch erenn,
Wie ehr gewennt sid, en de Kirch ze tredde,
Un nit vergesse, och met frommem Senn
E Vatterunser för se all ze bedde!

BILDER

DE SONN ESS WIDDER DO!

Et hatt gerähnt wahl Daag för Daag,
Et hatt gerähnt bal Naach öm Naach,
Et rähnte fän un noh.
Op eimol gingk der Wind eröm,
Un endlig schlog et Wedder öm,
Der Himmel dä woot blo. —
No eß vörüvver Nätz un Käld,
Et lööch un laach de ganze Welt:
De Sonn eß widder do!

Et Unglöck trof Dich Schlag op Schlag,
Et wollt Der rack an Kopp un Kraag,
Et schlog alld immer zo.
Op eimol drihten sich dat Bladd,
Ne Glöcksstrohl sook un fung Dich grad,
Dä kom vun irgendwo. —
No eß vergesse Krütz un Leid,
Et klopp un klingk Dien Hätz vör Freud:
De Sonn eß widder do!

DER LETZTE STROHL

Et hatt der ganze langen Daag
Am Himmel gro un schwatz gehange;
Nit eimol hatt de Sonn gelaach,
Als wör se gar nit opgegange.

Am Ovend ehsch, do glöhten op
De Feesch am Hus mer gägenüvver,
Der letzte Strohl feel grad dorop,
En Wiel — dann wor dä Glanz vörüvver.

Wor einer, dä sie Levve lang
Hatt nor vill Laß un Leid ze drage;
Nit eimol woß op singem Gang
Et Glöck im »Goden Daag« ze sage.

Su woot hä ald. Mer endlig hoot,
Hä wööt jitz bal en Hüsgen erve;
Doch hät sing Freud nit lang gedot:
Wie hä et hatt, do — dorf hä sterve. — —

BLÄDDER

Su vill der Baum och Blädder dräht,
Et weed Der nie gelinge,
— Un spinks Do drop vun fröh bis späd —
Zwei gliche dran ze finge.
He stemmb de Spetz nit, do der Rand,
Se welle sich nit decke;
Et bliev noch immer allerhand
Ze striche un ze strecke.

Doch wat se all gemeinsam hann,
Die bovve wie die unger,
Wat kein vun inne loße kann
Un ledd et och dorunger,
Dat eß: Se müsse me'm Geseech
Su lang sich recken, hevve,
Bis mallig hät vum Sonneleech
E Ströhlche för sie Levve.

Vill Minsche gitt et op der Welt,
Do merks et bei dem Wandere;
Dat Wunder sich och hee enstellt:
't eß keiner wie der andere;
Doch eß en jedes Hätz gedröck
Un liet et nit gewäde
E heiß Verlange noh 'nem Glöck,
Nem Himmel op der Äde. —

WELLE

Ich stunnt am Rhing. E Dampscheff kom
Un fohr erav noh Kölle,
Un wie et singe Wääg derrnohm,
Do komen och de Welle:
De ehschte schlog
Huh op et Land;
Der Schuum dä flog
Bis an ming Hand.
Die anderen immer kleiner woote;
E paar Minutten et noch dote,
Un stell am Wasser log der Sand.

Wann en der iwigen Hafe fääht
Ne Minsch am Engk vum Levve,
Sie Scheff noch immer Welle määht
Däm, dä zeröckgeblevve:
Deef en et Hätz
De ehschte schleiht;
Vör Leid un Schmätz
Hä bal vergeiht.
Dann weed met Zigge noch gekresche,
Un eß en Wiel dernoh verstreche,
Do süüht hä, dat de Welt noch steiht. –

NEVVEL

Der Nevvel litt op Stadt un Rhing,
Mer süüht kein Huus, kei Scheff,
Bis dat der Morgesonnesching
Glöht durch der decken Döff:
Dä wallt erop
Un gitt sich nidder
Un rollt sich op
Un deilt sich widder –
Et dot e Veedelstündche nor,
Un Himmel, Stadt un Rhing sin klor.

Em Nevvel Deer en Arbeit litt,
Do weiß nit uus noch en,
Bis dat en god Idee Der kütt,
Die Klorheit brängk erenn:
Jitz fängs Do aan
Ze spintiseere
Un hälds Dich dran
Un deis probeere –
En kooter Zigg, dat eß geweß,
Ding Arbeid fix un fädig eß. –

WOLKE

Wolke kumme, Wolke gonn,
Ein määht Plaz der andere,
Blieve nit e Wielche stonn,
Müssen immer wandere,

Wanderen ohne Rauh un Raß,
Bis ehr Stund geschlage,
Bis der Wind die naaße Laß
Darf nit wiggerdrage.

Geradesu engk fröh ov späd
Och uns Wanderlevve;
Wann et Schecksal »Amen« säht,
Muß mer sich dren gevve.

Gevven en dat große Leid,
Dat mer mooten erve:
Keiner süüht de Iwigkeit,
Ohnen ehsch — ze sterve!

FINSTERE

Eß och e Hüsgen ärm un klein,
Sinn ich de Finstere klor un rein
Em Sonnesching dran bletze,
Dann weiß ich, dat en fließige Hand
Hee sorg, dat alles bliev em Stand,
Och die em Stüvvge setze.

Doch sin de Rutten dröv un blind,
Hus secher do e Minschekind,
Dat nichs dervun well wesse,
Wie Ärmod schlääch ze dragen eß,
Wann en der Wonnung Kaas un Keß
De Reinlichkeit liet messe.

Och an de Kinder sinn ich gän
De Finstere lööchte wie zwei Stän',
Su rein un unverdorve;
Meer eß et, wann en Aug nit blank,
Als wör et Hätz, dat drenn litt, krank,
Als wör do jett gestorve!

APREL

Mer hann Aprel!
Noch immer well
Der Winter jett ze sagen hann
Un deit noch alles, wat hä kann,
En Käld un Schnei. —
Et notz in nichs! Met Kling un Klang,
Met Sonnesching un Vüggelsang
Kütt doch der Mai!

De Backfeschzigg!
Noch immer trick
Der Puutekrom durch Hätz un Kopp
Un spillt noch gän em Hängezopp
Met Popp un Ball. —
Hilf alles nichs! Me'm lange Kleid
Kütt doch der Lieb ehr Freud un Leid
Op jeden Fall!

MAIKLÖCKELCHER

Der Wald schenk em Maimond e Blöömchen apaat,
E Blöömche, su rääch för e Strüüßge gemaaht.

E Maibloomestrüüßge brängk mallig noh Huus,
Et süüht gar ze leev un ze unschöldig uus.

Die Klöckelcher spinkse su lus us dem Grön,
Als wollten se froge: »Sag, si'mer nit schön?«

Un doch eß dat Blöömche voll Falschheit un Geff
Un hät alld Godd weiß wie vill Unheil gesteff,

Hät Jungen un Weechter op lestige Aat
En Zigglangk öm all ehre Fruhsenn gebraaht.

Su triff et sich ävver noch off en der Welt:
Männich Flänzge trotz all singem Geff god gefällt.

Dank Godd, wann et nor Dingem Hätzen bliev fän!
Et nimmb im de Rauh un et Glöck un der Sähn. –

SPÄDHERVS

Am Himmel schwer de Wolken hange,
Kein Bladd eß mih an Struch un Baum;
De Summerzigg eß wie 'nen Draum
Me'm letzten Blöömche fottgegange.

Jitz, wo et bal well Winter wäde,
Do fings Do ehsch, wie schön et wor,
Wann Sonnesching vum Himmel klor
Et Levve lockten us der Äde.

Dat Welken ävver dröck Dich nidder
Un nor die Hoffnung gitt Der Trus,
Dat alles, wat jitz scheide muß,
Em nöchste Fröhjohr doch kütt widder.

Nen Draum eß och et Minschelevve;
Ov hä Der Glöck gebraaht ov Nud,
Do weesch et finge, wann der Dud
Deer nor ei Stündche noch well gevve.

No solls Do op dem Kirchhoff lige
— De Äd eß schwer un langk de Naach —
Un solls am Allersielendaag
Jitz och Die Vatterunser krige.

Dat pack Dich, määht Der schwer et Sterve,
Un nor die Hoffnung stärk Dich noch:
Der goden Herrgodd liet mich doch
Noh su 'ner Stund nit ganz verderve!

CHRESSBAUMSLEID

No ligen ich bei Schott un Scherve,
Vörüvver eß dä schönen Draum;
Mer liet mich sterven un verderve,
Un wor doch su 'ne staatsen Baum!
Wor dat en Freud en alle Stroße,
Wie't heesch, de Chreßbäum wören do!
De Kinder Schull un Spill vergoße
Un leefen bis noh'm Maat uns noh.

Ich woot wie all ming Kamerade
Verkauf un en en Huus gebraaht,
Met leckere Saache schwer belade,
Met bunte Kralle fing gemaaht.
Un wie vum Toon de Klocke klunge,
Do stunnt ich do en Glanz un Praach,
Un all de Augen an mer hunge
Beim Leedche vun der hellige Naach.

Ich dorf noch off mich präsenteere
En minger Staat vör jungk un ald,
Bis dat ich Nodelen dät verleere,
Do woren och ming Daag gezallt.
No ligen ich bei Schott un Scherve,
Vörüvver eß dä schönen Draum;
Mer liet mich sterven un verderve,
Un wor doch su 'ne staatsen Baum!

Su heisch et männichmol och em Levve,
Wann Do Ding Schöldigkeit gedonn,
Un Deer der Avscheed weed gegevve,
Grad wie beim Baum: »Der Mohr kann gonn!«
Doch muß Do dann nit kühme, klage,
Un wann et hee un do och fäählt,
Muß stolz un stell Die Krützgen drage;
Denn Undank eß der Luhn der Welt!

GEDANKEN ÜVVER …

DE KUNS

Su eß de Kuns:
Mer muß ehr Guns
Met Hätzensquale
Bezahle,

Un nor, wer Fließ
Un Kraff bewies,
Kann Meister wäde
Op Äde. –

NE GOETHESPROCH

Kooz fungk ich en enem Zeidungsbladd,
Der Vatter Goethe hätt gesaaht,
Mer dörf, wat Deechten anbetröf,
Wenn et nor ene schöne Tempel göv,
Ganz räuhig sich de Säule stelle.

No weiß ich och, wovun et kütt,
Dat off mer nichs mih höt un süüht
Als wie ’ne goden ale Kneff
Bloß met ener neuen Üvverschreff. –
Sag, Goethe, wor dat dinge Welle?

SCHLÄÄCHTE BÖCHER

Vill Böcher kummen op de Welt,
Mih schläächten als wie gode,
Un wat de mietste Lück gefällt,
Dat rich sich noh der Mode.
Die sorg, dat off der schlemmste Schund
Vun mallig weed gelesse;
E Boch, dat rein eß un gesund,
Kritt flöck de Döör gewesse.

De Böcher un de Sittlichkeit
Die hangen ärg zesamme;
Dä Geis, dä durch de Zigge geiht,
Schleiht en de Böcher Flamme.
Ov dä vun hügg der besten eß?
Mer höt noch immer klage,
Un wer de Schold dräht, hät geweß
Kein leichte Laß ze drage.

Wenn jeder, eh hä su jett schrevv,
Sich ehsch doch dät bedenke,
Ov hä dat Boch met singem Geff
Dem eige Kind wööt schenke!
Mih wäät als Gold un Ehrekett
Eß för e Deechterlevve,
Säht spääder einer stolz: »Dat hät
Mie Vatter ens geschrevve!«

ET GLÖCK

I.

Et Glöck dat eß e eige Dinge,
Gewünsch, gesook vun aller Welt;
Doch liet et sich vun keinem zwinge,
Geiht nor met däm, dä im gefällt.

Mer kann et keinem explizeere,
Et hät bal dit, bal dat Fatzung,
Ganz je nohdäm et deit verkehre
Bei ärm ov rich, bei ald ov jung.

Mer süüht et männlig, wievlig, sächlig,
Off griselig groß, off klitzeklein;
Hee eß et stark un do zerbrechlig,
Bal Kisel-, bal Karfunkelstein.

Op disem Wäg do schrigg et röstig,
Op däm et gar nit vöran well;
En einem Fall do määht et löstig,
Em andere stemmb et weich un stell.

Doch immer bliev noch jett ze wünsche,
Et Glöck mag kumme su ov su,
Un wann et enkeht bei de Minsche,
Et määht se nor en Zigglang fruh.

Wo mag et wohre Glöck no steche?
Mer süüht, op Äden eß et nit,
Un mallig mööch et doch ens spreche,
Weil dat em Minschenhätze litt.

Wer dat Verlangen uns gegevve,
Dä weed och, gläuven ich, geweß
Uns zeigen, dat em andere Levve
Et wohre Glöck ze fingen eß. — —

II.

Wer hät noch nit bei sich gedaach,
Et Glöck mööt im begähne,
Ov dat et stellches üvver Naach
Künnt kumme, in ze sähne?

Uns Minsche litt et jo em Blod,
Op Sonn un Glöck ze wade;
Doch steiht mer sich dobei nit god,
Mer merk et off zum Schade.

Et Glöck eß wie der Mond Aprel:
Mer kann im nie rääch traue,
Et deit wie dä nor, wat et well,
Op Glöck eß schlääch ze baue. —

DER FRIDDE

En jedem Johr op Chreßdaag singe
De Klocke fän un noh,
Dat all die Minsche Fridde finge,
Die wellens sin derzo.

Wer Fridde well em Hätzen drage,
— Ov ärm hä eß ov rich —
Muß bloß sie Leid dem Herrgodd sage
Un söns dunn, wat sing Flich.

Un well in einer Deer nit loße,
Däm gangk doch us dem Wäg!
De Welt eß groß, vill andere Stroße
Noch föhre god un rääch.

Der Fridden eß em Minschelevve
Su nüdig grad wie Brud,
Nor glöcklig eß, wäm hä gegevve
Em Levve wie em Dud. —

DE FRÜNDSCHAFF

Ov se ald un jungk och god gefällt,
Ov och mallig höt se gän besinge,
Wohre Fründschaff eß op diser Welt
Winniger noch als echte Lieb ze finge;
Weed doch bal met keinem andere Wood
Su vill Unfog üvverall gedrevve,
Weed et »Fründschaff schleeße« doch zum Spoot,
Zor Gewennde off genog em Levve!

Richtig »fründ« ze sin, dat eß nit leich,
Schwerer als de mietste sich et denke;
Fründschaff, die et Hätz häld wärm un weich,
Hann nit all de Minsche fottzeschenke.
Dinge Fründ noch lang nit jeder eß,
Dä nit möd weed, sich esu ze nenne;
Wohre Fründe deit mer ganz geweß
Meeschtendeils em Levven ärg verkenne.

Wer Dich nit em Stech liet, wann et Glöck
Deer op eimol well der Rögge kehre,
Wer Der immer widder baut en Brögg,
Mag hä selver och derbei verleere,
Wer de Stang Der häld, wann andere nor
Dreck un Stein op Dinge Name werfe,
Wer Der beisteiht, wann vör Leid un Troor
Do bal meins, Dien Hätz ging rack en Scherve,

Wer Der ungeschmink sing Meinung säht,
Bloß öm Dich om räächte Wäg ze halde,
Wer en singer Siel nichs Falsches dräht
Un Dich sinn liet en ehr deefste Falde,
Wer vun Hätzen Deer der Lorbeer günnt,
Wann hä selver unbekränz muß blieve, —
Süch, dä eß en Wohrheit Dinge Fründ,
Sorg, dat hä och Dich esu darf beschrieve!

DER FUFFZIGSTE GEBOOTSDAAG

Wer de »Fuffzig« hät om Rögg,
Kennt et Minschelevve,
Weiß, dat keinem weed e Glöck
Ohne Leid verschrevve;

Hät geleet, beim Wedderschlag
Op de Zäng ze bieße,
Un, subal et Sönnche laach,
Sich eruszerieße;

Süüht kei Selver mih em Zinn,
Mag et noch esu bletze,
Nimmb de Minsche, wie se sin,
Kennt de sibbe Wetze.

Doröm kütt, wer fuffzig ald,
Sin och gries de Hoore,
Hät de Steen och männiche Fald,
En de beste Johre. —

WÄM GODD EN AMB GITT...!?

Et kütt nit selde vör em Levve,
— Mer höt et hee un höt et do —
Dat einem weed en Amb gegevve,
Däm nichs fäählt als Verstand derzo.

Et mietste Glöck hät jo der Domme,
— Dat zeig uns dä bekannten Boor —
Hät flöck dat Pößgen engenomme,
Dat männichem Kloge geiht zum Troor.

Do sitz hä no op singem Thrüünche
Stiefstolz un blies de Backen op
Un merk nit, dat dat staatse Krüünche
Im gar nit paß op singe Kopp.

Am leevsten deit hä kummandeere,
— Eß doch nichs schöner als jett Maach —
Och kritiseere, schikaneere
Versteiht hä wie kein andere Saach.

Pargraphe, dotzendwies, verzälle
Die Weisheit, die hä all verzapp,
Dat mallig sich wahl frög em stelle:
»Ov dä nit noch ens üvverschnapp?«

Doch kann *die* Angs sich jeder spare,
Dä hät och dorenn widder Glöck
Un weed nit geck, nää Godd bewahre,
Hä määt die andere knatschverröck. —

ET FLEEGE

»Wenn ich ein Vöglein wär!« su geiht e Leedche,
Su fingk och ens der Jupp e Breefgen aan,
Dat hä, voll Sehnsoch, scheckten an sie Mädche. –
»Wie schad«, säht it, »dat hä nit fleege kann!«

Un jitz? Jitz ka'mer bal em Ähnz dran denke,
Wo Daag un Naach mer höt der Zeppelin,
Wo all die Fleeger durch de Looch sich schwenke,
Dat flüg der Jupp och bei sing Königin.

Bal weed sich mallig op der Rögge nemme
En singem Rucksack enen Benzinmotor
Un deit met Ärm un Bein dann störe, schwemme,
Propeller links un rääch an jedem Ohr.

Dann süüht mer Mann un Frau un Kinder fleege
An jedem Finster op der Stroß eruus,
Un alles kann sich druuße frei bewäge
Un flüg om selve Wäg och en et Huus.

Des Morgens kütt de Zeidungsfrau geflahstert
Un läht et Blättchen op et Finsterbredd;
Der Bäckerschjung kein Trapp eropklabastert,
Hä wirf der Mähd de Brüdcher op et Bedd.

Der Vatter hööt mer noh der Arbeid »brumme«,
De Huusfrau »summb« me'm Mädchen op der Maat,
De Boore sin alld aangefloge kumme
Met Säck un Körv, et eß en wohre Staat!

De Kinder müssen och et Fleege leere,
De Schull dat eß de reinste Kevverndos;
De Puute »gonn« me'm Lehrer nit spazeere,
Se »fleegen« alle Dag jitz fresch drop loß.

Och uns Zaldaten off jitz exerzeere
Bal huh, bal deefer en der Looch eröm,
Un je nohdäm se bovve kummandeere,
Schleiht unger vun däm Wind et Wedder öm.

Der Schutzmann »flüg« de Stroßen op un nidder,
Wo nor jett loß eß, eß hä och derbei;
Hä steiht sich nit mih möd un stief de Glidder,
Hä eß jitz flöck bei jeder »Fleeg-elei«.

De gnädige Frau kann nit allein mih »schwevve«,
Et »schwääv« der allerschwerste Köchekürasseer;
Wann sing Madam im muß der Laufpaß gevve,
»Johanna flüg un kütt nit widder derr.«

Wo keiner bruch wie söns mih Pääd un Wage,
Well och der Deechter ohne Pegasus
Sich hügg modern zum Himmel loßen drage;
»Modern? Nä«, säht der Zeus, »dann maach nor Schluß!« –

Nor eimol müsse mer vum Fleege loße,
Un we'mer hätte noch esu vill Benzin,
Dann fääht mer uns ganz lantsam durch de Stroße
Bis an enen Ood, wo keiner gän kütt hin. –

JETT SCHWERES

De Minschen üvverall verstonn,
Dat eß en schwer, en Herrgoddssaach;
Wer vill met innen öm muß gonn,
Dä weed et fingen Daag för Daag.

Mer muß se nemme, wie se sin,
Denn keiner kann us singer Hugg;
De Lieb, die große Zauberin,
Hilf gän derbei met Sproch un Krugg.

Se hät ene Mantel, wärm un weich,
Dä deck de schlemmste Fähler zo;
Doch jedem liehnt se dä nit leich,
Ehsch frög se stell: »Sag, wie beß do?« —

WELTWUNDER

De ganze Welt eß voller Wunder,
Die blieven immer jungk un neu;
Kei Minsch wirf die zum ale Plunder,
Do dunn se bloß der Herrgodd bei.

Dä leet nichs vun sich sinn un höre,
De »Wunder« ävver wören do;
Mer künnt se üvverall verspöre,
Un wie se wööte, wöß mer jo:

En »iwige Kraff«, die stünnt derhinger,
Die Kraff »leef iwig en enem Kreis«
Un määht us »iwigem Stoff« su'n Dinger
Wie Sonn un Ei un Minschegeis. —

Su steiht et schwatz op wieß ze lesse;
Der Herrgodd, dä eß avgeschaff,
Trotzdäm dat nirgends weed bewesse
De »Iwigkeit« vun Stoff un Kraff.

Dat deit mer klogerwies sich schenke
Un häld se einfach för geweß;
»En iwige Kraff«, su weed mer denke,
Bequämer als enen Herrgodd eß.«

BIRG UN DAAL BEGÄHNT SICH NIT...!

»Zwor Birg un Daal begähnt sich nit,
Doch eine Minsch dem andere!«
Dat Wohrheit en däm Sätzge litt,
Mer fingk et bei dem Wandere.

Do beß wigg en der Welt eruus
Un meins, Do wösch verloße,
Do größ Dich einer vun ze Hus
Grad op de stellste Stroße.

Un stunnt hä söns Der noch esu fän,
Dä Groß deit Dich beglöcke;
Do mööchs us luuter Freud in gän
Wahl an Dien Hätz jitz dröcke.

Un wie et bei dem Wandere geiht,
Su geiht et off em Levve;
Doch männichmol einer vör Der steiht,
Dä besser fängeblevve.

Vielleich häß Do im wiehgedonn,
No poch Der Die Gewesse;
Vielleich mööch hä vörüvvergonn,
Weil hä Dien Hätz zerresse.

De Wund fängk jitz vun neuem aan
Bei Deer, bei im ze brenne,
Do keiner dat vergesse kann,
Wat domols üch moot trenne.

Dröm sorgt, dat immer Freud üch gitt
Et Widdersinn beim Wandere;
Denn »Birg un Daal begähnt sich nit,
Doch eine Minsch dem andere!«

ICH HANN DICH GÄN!

Wer kennt dat Wood nit, leev un ald,
Dat klingk wie Himmelssähn,
Su weich un doch voll Allgewald,
Dat Wood: »*Ich hann dich gän*«?

Wann Lieb ehr Maieglöck beschäät,
Un Stän sich fingk bei Stän,
Kei Wood et Hätz esu sillig määht,
Wie dat: »*Ich hann dich gän.*«

Et Levve lockten Dich eruus,
No litt Ding Heimat fän,
Do trüs Dich, wann em Breef vun Huus
Steiht bloß: »*Ich hann dich gän.*«

Wie leich weed Amb, Berof un Stand
Trotz Wedder, Wind un Rähn,
Geiht einer met uns Hand en Hand,
Dä säht: »*Ich hann dich gän!*«

Glöcksillig, wer om letzte Gang
Vernimmb us dunkler Fän
De Herrgoddsstemm wie Klockeklang:
»*Komm nor, ich hann dich gän!*« –

WEISS DO EN HÄTZ..!

Weiß Do en Hätz, dat för Dich schleiht,
Dann hald et nor en Ehre!
Wann alles Deer verloore geiht,
Dat darfs Do nit verleere.

Dat muß Do höde wie 'ne Schatz
Un wie Dien eige Levve;
Nor selde weed esu en Plaz
Vum Himmel uus vergevve:

En Plaz, wohin mer drage kann
Sing Nud un Leid un Klage,
En Plaz, wo Metfreud eß ze hann,
Wann Glöck sich aan dorf sage.

Wat su en Hätz Der alles gitt
Dat weesch Do ehsch rääch finge,
Subal et stell om Kirchhoff litt
Un Engel drüvver singe. —

DE HOFFNUNG

Hoffnung eß ene Zauberdrank,
Määht gesund, wer stervenskrank,
Liet in do noch Rusen binge,
Wo nor Destele sin ze finge —
Sillig, wer dä Drank noch schleck
En dem letzten Augenbleck!

ET SCHECKSAL

I.

Wo om Wasser ov om Land
Irgends Minschehätze schlage,
Hät et Schecksal allerhand
Bunte Saache rundzedrage:

Glöck un Freud un Krütz un Leid,
Zänk un Strigg un Lieb un Fridde —
Wann de Stund för einer schleiht,
Mallig kritt sien Deil hinidde. — —

II.

Nor nit zevill vöruus geplant,
Wat Deer et Levven all soll schenke!
Et kütt, wie uns et Schecksal mahnt,
Doch immer andesch, wie mer denke.

Der Herrgodd selvs de Rechnung määht;
Wat dä Der nemme well un gevve
An Loß ov Leid hee op der Äd,
Steiht all en singem Boch geschrevve.

Dröm, wann Die Levve weed zum Kreeg,
Un Deer et schwerfällt durchzehalde,
Bedenk, dat nor *dä* Kreeger seeg,
Dä nit vergiß, de Häng ze falde!

ET BEDDE

Wer nie hät Krütz un Sorg gekannt,
Noch nie esu rääch geledde,
Dä kann vielleich met Lepp un Hand,
Doch nit vun Hätzen bedde;
Dä hät nit eige Wood genog,
Et Singige vörzedrage,
Kann nor dem Herrgodd us enem Boch
Vill Schöns gedrechselt sage.

Doch Nud, die bal et Hätz zerrieß,
Well Deer et Leevste sterve,
Die üvver Naach määht ald un gries,
Geiht Deer e Glöck en Scherve,
Die bäät us deefstem Hätzensgrund,
Bruch nit ze buchstabeere,
Fingk selvs de räächte Wood zor Stund —
Die kann Dich bedde lehre!

GLÖCKSERINNERUNGE

Dat Leid, dat hügg enen andere trof,
Kann morge sich bei Deer aansage;
Et Schecksal wink — un unverhoff
Dien Hätz weed an sie Krütz geschlage.

Dröm günn Deer nor jett Silligkeit,
Su off et Glöck sich liet ens blecke!
En schön Erinnerung weed em Leid
Deer stell der Schwamm met Essig recke. —

ET GRÖÖTSTE LEID

Kei grööter Leid ich kenne,
Kein deit esu wih wie dat,
Als wann der Dud well trenne
Zwei, die sich gän gehatt.

Dä ein kann gar nit sterve,
Sing Lieb häld in zeröck;
Dä andere süüht nor Scherve
Vun singem ganze Glöck.

Weed ens der Luhn gegovve
För all et Ädeleid,
Ich gläuv, der Himmel bovve
Dä zweie offe steiht. —

ET VERGESSE

Och, künnt mer doch vergesse
All Sorg un Hätzensping!
Wie schön wör dann et Levve
Un voll vun Sonnesching!

Su ävver litt ene Schatte
Bal hee, bal do om Wäg
Un määht in kald un düüster,
Mer fingk sich kaum zerääch.

De dröv Gedanke nemme
Dem Hätze Leech un Looch;
Männich Blöömche muß verwelke,
Männich Bäumche dräht kein Frooch.

Doch ka'mer nichs dran ändere,
Et bliev esu me'm Leid:
Dat Zauberwood »Vergesse«
Kennt bloß de Iwigkeit. —

DER SPILLMANN DUD

Ben der Aldmeister Dud!
Wann ming Fiddel ich striche,
Kütt et Glöck, kütt de Nud,
Kummen Ärmen un Riche:
Fiddelerum, fiddelit –
Dich vergessen ich nit!

Un se all müsse met,
Hee et Alder, do Jugend,
Wat nor ledd un wat stredd,
All et Laster, all Tugend:
Fiddelerum, fiddelit –
Dich vergessen ich nit!

Wer ming Fiddel höt gonn,
Däm sing Stund hät geschlage,
Un sien Hätzblod bliev stonn,
Hilf kein Bedde, kein Klage:
Fiddelerum, fiddelit –
Dich vergessen ich nit!

Meer allein eß esu 'n Maach
Vun dem Herrgodd gegevve
För de iwige Naach,
För et iwige Levve:
Fiddelerum, fiddelit –
Dat vergeß mer nor nit!

VUN MEER

ERINNERUNGE

Kooz fungk ich do unger Papeere
En ald un zerressen Bladd,
Worop ich en minge jung Johre
En Hüsge gezeichent hatt.

Dat Dinge wor deck voller Fähler,
Der Schatte stunnt ganz verkeht,
Un doch hatt ich domols voll Iefer
Un Fließ dran erömstudeet.

Jitz weiß ich, wie Schatten un Leechter
Verdeilt müsse sin am Hus;
Krääg hügg ich dat Dinge ze mole,
Wööt secher jett andesch druus.

*

Wann off ich en einsame Stunde
Mie Levven hann üvverdaach,
Dann fungk ich dorenn och männich Bildche,
Worüvver ich stell gelaach.

Der Kopp voll vun huh Idiale,
Et Hätz voll Verlange noh'm Glöck,
Su sohch ich mich rennen un jage
Un scheeßen de schönste Böck.

Och, künnt ich noch eimol erlevve
Die Zigg, die vörüvver eß!
Ich wööt et — genau esu maache
Wie dozemol, ganz geweß! —

EN ANTWOOD

Ärg fröh hatt sich — alld en de Jugendjohre —
Der Levvenswinter bei mer aangesaaht,
Hatt wieß gefärv ming kruse, schwatze Hoore
Un vör der Zigg der Kopp mer ald gemaaht.

Doch wor dä söns noch immer jung geblevve,
Noch hell et Aug, gesund un fresch de Klör;
Dröm woot ich off gefrog en mingem Levve,
Wodurch dä Schnei su fröh gekumme wör.

Dann dät ich ehsch mich hinger de Ohre kratze
Un sääht drop ganz geheimnisvoll un stell:
»De wieße Hoore komen durch — de schwatze;
Doch saht et keinem, dä et wesse well!«

MIE STÜVVGE

Mie Stüvvgen eß ärg schmal un eng
Un hät nor Plaz för winnig Saache,
Un nit vill Arbeid hann de Häng,
Et nett un ööntlig dren ze maache.

Am Finster hann ich Blöömcher stonn,
Hä eß e beßge klein, dä Gade;
Mer kann nit dren spazeere gonn
Un hät nit vill dren opzewade.

Wie weed mie Stüvvge wigg un groß,
Subal ich deechte, spintiseere!
Et weed zum Saal em Ritterschloß,
Un vill huh Hären dren verkehre.

Mie Schloß steiht stolz am schöne Rhing,
De Fahn drop wink em Ovendlüffge,
Un alles rundseröm eß ming:
De ganze Welt geiht en mie Stüvvge!

MIE PIEFGE

Ich kann op allerhand verzeechte,
Wat männicher gar nit messe kann;
Doch wann de Loß mer kütt ze deechte,
Dann muß ich och mie Piefgen hann.
Dat hilf mer brav neu Leedcher finge,
Mie Piefgen eß e Zauberdinge!

Subal ich an dem Schrievdesch setze,
Der Bogen hann zeräächgelaaht
Un fädig ben me'm Bleisteffspetze,
Dann weed et Piefgen aangemaaht.
Un ohnen sich ehsch lang ze zeere,
Mie Piefgen eß am inspireere!

Sing leckere, kruse Wölkcher ranke
Sich öm der Desch zor Deck erop
Un wecken immer neu Gedanke
Un neu Gestalten en mer op.
Der Pegasus schümb stolz em Zügel,
Mie Piefgen hilf mer en der Bügel!

Su eß mer bal kei Leed gelunge,
Mie Piefgen hät och dran sien Deil;
Ich hann en Hölf an im gefunge,
Die eß mer nit för alles feil.
Dat dorf ich länger nit verschwige,
Mie Piefge moot sien Denkmol krige! —

MINGEM VATTER SIEN BILD

Sien Bild! En mingem Stüvvge, noh am Ovve,
Do hängk et alld zick Johren an der Wand;
Ich hoot et off, wann ich Besök hatt, lovve:
»Genau der Vatter, wie mer in gekannt!«

Dann sääht ich nichs. Ich fraut mich bloß em stelle,
Dat ich dä Kopp esu god getroffen hatt;
Vill Lieb un jett Talent un gode Welle,
Die hatte meer de Arbeid leich gemaaht.

Geweß wor männiches noch dran uuszesätze,
Wat ich och spääder selvs gefungen hann;
Doch, wat am deefste soß en mingem Hätze,
Dat, gläuv ich, keiner besser zeichene kann.

Et eß dä Bleck us räächte Vatterauge,
Su ehrlig, wohr, su hätzlig, treu un god,
Dä för e Kind en Stunde, de nichs dauge,
E besser Meddel eß als Stock un Rod.

Hä hät mer off der richtige Wääg gewesse,
Dä stellen Bleck, wann ich em Unrääch wor,
Un jitz noch gän ich en dä Auge lesse,
Die doch alld zo sin fünfunzwanzig Johr.

Dröm soll dat Bild en mingem Stüvvgen blieve
Trotz all der Fähler, die ich dren gemaaht,
Un wann ich ens mie Testament muß schrieve,
Dann krigen — ich et en ming Dudelad! —

MIEN HÄNSGE

Mien Hänsge woß zick Johr un Daag
Kei Leedche mih ze singe,
Un söns dät singe leeve Schlag
Mer Stuvv un Hätz voll klinge.
Et wor noch gar nit ald un gro,
Un nie kom im de Lieb ze noh —
Ich kunnt kein Ursaach finge.

Bis an 'nem Ovend — et wor em Mai,
De Sonn wor fottgegange,
Ich hatt der Korv me'm Hänsge frei
Vör'm Finster opgehange —
Do schlog en Nachtigall nit fän;
Ehsch gester hatt dä neue Stän
Sie Gaßspill aangefange.

Se maaht et hügg besondesch schön
Un sung ehr Arie prächtig;
Der Ovendwind drog all die Tön
Erüvver, söß un mächtig.
Mien Hänsge sitz un spinks un spinks
Un driht et Köppche rääch un links
Un luustert ganz andächtig.

Do! Grad wie söns noh Schlof un Draum
Muß hä am Fößge piddele,
Määht: »Piep zi piep!« — mer höt et kaum —
Un fängk höösch an ze quiddele.
Un immer lauter weed der Sang,
Un immer schöner weed der Klang
Vum Fleute, Trillere, Fiddele.

Am Engk nimmb hä sing ganze Kraff
Un all sie Föör zesamme
Un schleiht met voller Meisterschaff,
Als stünnt sien Hätz en Flamme. –
Dat Wunder ging mer durch der Senn
Un endlig, endlig feel mer en.
Vun wo et her kunnt stamme.

»Do ärmen Hans«, daach ich bei meer,
»Do beß noch nit verschlesse;
Wat deer gefäählt, do Sängerzeer,
Kunnt dingen Här längs wesse.
Deer geiht et grad wie männichmol uns:
Et eß nit god, wann echte Kuns
De Konkurrenz muß messe!«

DER BOCHFINK

»Zi-Zi-Zi-Zizillige-Pitter,
Wells Do met noh'm Wetshus gonn?«
Hoot ich kooz vör minger Finster
Fresch un hell 'nen Bochfink schlonn.

Schlog, als sollt sie löstig Leedche
Bovven en dem Lindenbaum
All die Knoppen do un Knöppcher
Wecken us dem Winterdraum;

Schlog, als wollt hä för mich sage:
»Freu Dich met un maach Der Mod!
Wat der Winter hät verdorve,
Määht et Fröhjohr widder god.« –

Wie dä Trus mer wood gesunge,
Blevv hä meer em Hätze stonn:
»Zi-Zi-Zi-Zizillige-Pitter,
Wells Do met noh'm Wetshus gonn?«

FEEROVEND

Der Daag eß öm, der Ovend kütt!
Ne letzte Sonnestrohl noch süüht
Verstollen en mie Stüvvge,
Säht »Gode Naach«,
Klemmb op et Daach
Un spillt me'm Ovendlüffge.

Dat hät sing Arbeid grad gedonn:
Dem Mond sing wieße Schöfger stonn
Do bovve schön en Reihe.
Ne rude Glanz
Un Möckendanz
God Wedder pruphezeie.

En Nachtigall em Gade lock,
Vum Toon röf stell de Ovendsklock,
Un Kinder sin am bedde.
Wer schwer hügg drog,
Geiht an de Looch
Un deit sich jett vertredde.

Der Mond jitz huh am Himmel steiht,
Trick sie Geseech ganz rund un breid,
Als dät hä mich uslaache,
Dat ich för hügg
Wie ander Lück
Nit och Feerovend maache. —

DER STELLE WÄÄG

Ben immer för mie Levve gän
Ne stelle Wääg gegange,
Wo mingen Bleck kunnt en der Fän
An Birg un Himmel hange,
Wo stell de Looch, un stell der Stein,
Un ich me'm Herrgodd wor allein.

Hatt ens et Glöck an mich gedaach,
Sich bei mer engefunge,
Om stelle Wääg hann ich gelaach
Un ben vör Freud gesprunge,
De Looch wor stell, un stell der Stein,
Un ich me'm Herrgodd ganz allein.

Su off e Leid mich dröcken dät,
De Sorge gar nit weche,
Ich hann om stelle Wääg gebäät
Un hann mich uusgekresche:
De Looch wor stell, un stell der Stein,
Un ich me'm Herrgodd ganz allein.

Un wa'mer eimol gar nit rääch
E Leedche wollt gelinge,
Dann gingk ich op dä stelle Wääg,
Do kunnt ich widder singe:
Do klung de Looch, do klung der Stein,
Der Herrgodd hoot mich ganz allein! —

ALD GLÖCK

Hee eß der Wääg, un do steiht noch der Baum,
Worenn ich Hätz un Namen hann geschnedde;
Hee dräumbten ich der ehschte Liebesdraum,
Dorüvver sin bal veezig Johr verledde.

Wie flüg de Zigg! Bal veezig, veezig Johr,
Dat ich zeletz dä stelle Wääg gegange,
Dat ich esu sillig wie 'nen Engel wor,
Däm grad der Här de Flögelen engehange!

Ich sung mie Glöck laut en der Wald erenn,
Ich hann dem Baum et en de Rind geschrevve,
Ich foohlt et üvverall, en Siel un Senn:
De Lieb, se eß et Schönste doch em Levve!

Dröm moot ich noch ens noh däm Pläzge sinn,
Dat ich en all dä Johre nie vergesse,
Wo ich met minger Hätzenskönigin
Su jung, su rich, su glöcklig hann gesesse.

Hee eß der Wääg, un do steiht noch der Baum,
Worenn ich Hätz un Namen hann geschnedde,
Hee dräumbten ich der ehschte Liebesdraum,
Un drüvver sin bal veezig Johr verledde!

Stell spinks der Ovend en mie Märcheland
Wie domols, un de Nachtigalle schlage;
Mer eß et grad, ich spööt en weiche Hand
Un hööt en Stemm jett Wundersößes sage! ——

ET VÜGELCHE SINGK...!

»Et Vügelche singk: De Zigg die kütt!«
Su hät mie Mutter ens gesaaht,
Do hatt dä Schnei, dä mallig kritt,
Sich höösch op ehre Kopp gelaaht.

Ich wor noch en dem Levvensmai
Un meint als räächte kölsche Stropp,
Et wör doch secher einerlei,
Ov brung ov wieß wör ehre Kopp.

Do saaht mie Mutter stell un weich:
»Jitz, leeve Jung, versteihs do 't nit,
Weesch noch erfahre, wat et heisch:
Et Vügelche singk: De Zigg die kütt!« —

Lang eß se dud. Dat Wood schleef en,
Et Levve braaht sing Freud, sie Leid;
Ich drog et met vergnögtem Senn,
Sulang et hatt noch nit geschneit.

Op eimol feel hä deck un wieß,
Der Schnei, hä kom wahl üvver Naach,
Un wie ming Hoore woote gries,
Do hann ich an dä Sproch gedaach.

No weiß ich, wat hä sage well,
Un schwer et meer om Hätze litt
Un määht et weich un määht et stell:
Et Vügelche sung: »De Zigg die kütt!« —

KRÜTZBLOOME

DUD

Do druußen eß alles wie 't wor,
Et Levve geiht stell singe Gang;
Der Himmel eß sonnig un klor,
Der Gade voll Leech un Gesang.

De Lück sin wie söns op dem Wäg,
Vör'm Hus singe Kinder e Leed;
Ming Arbeid litt widder zerääch,
Als wör en der Welt nichs passeet.

Un doch eß mie Stüvvge su kald,
Mien Hätz blod vun Leid un vun Nud
Un föhlt sich esu möd un esu ald:
Minge Jung, mingen einzigen — eß dud!

AN SINGEM GRAV

No eß uns vun däm ganze Glöck
Bloß hee dat kleine Graav geblevve,
Un all uns Lieb röf nit zeröck,
Wat ehr et Leevste wor em Levve.

Jitz litt do unger stell un kald,
Dä uns nor Freud gemaaht op Äde,
Un meer sin möd un grau un ald
Un frogen uns: »Wat soll no wäde?«

Och leeven Herrgodd! Süch uns Nud,
Mer sin doch hatt genog geschlage,
Un schenk uns bloß bis an der Dud
Die Kraff, dat schwere Krütz ze drage! –

SÖNS UN JITZ

En mingem Stüvvge wor zo Gaß
Et Glöck bal zwanzig Johr,
Do kom et Leid un satz sich faß,
Un alles andesch wor.

Wat mich esu fruh un rich gemaaht,
Mie Stüvvge sonnigwärm,
Veer Männer hann et fottgebraaht —
No ben ich beddelärm.

No sitz bei meer et Hätzeleid
Un quält mich Daag för Daag
Sulang, bis en der Iwigkeit
Mie Glöck mer widder laach. — —

WORÖM

Wat gro un ald genog, vergeiht —
Do ka 'mer sich dren gevve;
Doch mallig vör enem Rödsel steiht,
Wann et andesch kütt em Levve.

Woröm nag an der Blöt der Wurm,
Grad wie se opgegange?
Woröm brich männichen Halm em Sturm,
Eh Kööner dran gehange?

Woröm schenk uns der Himmel wahl
De Kinder — dat se sterve?
Woröm muß su en Hätzensqual
Et schönste Glöck verderve?

Wat gro un ald genog, vergeiht —
Do ka 'mer sich dren gevve;
Doch mallig vör enem Rödsel steiht,
Wann et andesch kütt em Levve.

OP OSTERDAAG

De Kircheklocke singe
Der Osterfeßgesang,
Un all de Hätze springe
Wigg op bei ehrem Klang.

Un mallig deit sich freue,
Nor ich — ich kann et nit;
Der Här weed meer verzeihe,
Hä weiß, woran et litt.

Et soll jo schöner wäde,
Subal mer Ostere schriev;
För mich et hee op Äde
Doch nor Karfriedaag bliev.

BEIM NACHTIGALLESCHLAG

De Nachtigall eß widder do!
Em Gaden drüvver deit se singe;
Noch nie ging meer ehr Leed esu noh,
Et Hätz dat well mer rack zerspringe.

Ich weiß, se singk vun Lieb un Glöck
Un wat noch söns versöß et Levve,
Un denken an die Zigg zeröck,
Die meer dat all och hatt gegevve.

Wat hät dä Vuggel et doch god!
Dä rechent nit vun hügg bis morge;
Et Minschenhätz sich off verblod
An singe Quale, singe Sorge. — —

WANN ET GAR NIT HELL WELL WÄDE

Wann et gar nit hell well wäde,
Wann der Daag bliev dröv un kald,
Eß et meer, als hätt op Äde
Nor et Leid noch sing Gewald.

Al un fresche Hätzenswunde
Fange neu ze bloden aan;
Schwerer dröck us düüstere Stunde,
Wat ich nie vergesse kann.

Och de kleinste Sorge schlage
Wellen en däm Meer vun Leid;
Wat an Hoffnung ich gedrage,
Weddermöd dren ungergeiht.

»Eß kei Glöck mih op der Äde?«
Schreit mien Hätz un föhlt sich ald —
Wann et gar nit hell well wäde,
Un der Daag bliev dröv un kald.

TRUS

Wer sie Leevs he op der Welt
Moot dem Herrgodd gevve,
Däm et Sterve leichter fällt
Als et Wiggerlevve;

Kann dem Här un Meister Dud
Köhn e Schnippche schlage,
Hät hä doch de letzte Nud
Alld ens metgedrage;

Freut sich op dä Augenbleck,
Dä im weed ersetze,
Wat an Glöck e rauh Gescheck
Reß vun singem Hätze. — —

DORÖM!

Ich süng esu vill vun Leid,
Vun Hoffnung, die gestorve,
Vun Dud un Iwigkeit —
Su weed mer vörgeworfe.

Woherr dat kumme soll?
Et gitt e Spröchwood drüvver:
»Wovun et Hätz eß voll,
Do geiht der Mungk vun üvver!« —

SPIEN

ÜVVER DER MANN

Et gitt esu vill Mannslück un esu winnig Männer.

Ne grade Mann darf och ene Puckel hann, bloß keine maache.

Ne räächte Mann prädig nit lang, wat hä kann, hä deit et.

Männer, die gän op de Zihe gonn,
Meeschtens me'm Düvel op Duuzfoß stonn.

Ne Mann darf nit mih der Kuckelenbaum schlonn.

Deit ene Mann gän Schlappen aan,
Weed hä leich zum »schlappe« Mann.

Et gitt och männlige Klatschwiever, un dat sin de schlemmste.

Ne Mann, dä unger dem Pantuffel steiht, eß e Männche.

Leev Mädche, wann do heerots, nemm ene Mann
Un nit, wat ehsch noch eine wäde kann.

Pantuffelhelde hann druuße gewöhnlig Kanonestivvelen aan.

Hören ich vun enem Wieverfeind, dann denken ich männigmol an dä Fuß, däm de Druve ze soor wore.

ÜVVER DE FRAU

E Rebbestöck eß nit et schläächste Stöck, dat süüht mer an der Eva.

Fraue sin nit gar esu schwaach,
Wie se off gescheldert wäde;
Fraueschönheit eß en Maach,
Stark wie kein wahl op der Äde.

Zantippe sin nie schön.

En häßlige Frau weed noch häßliger, wann se schön sin well.

Klein Fraue drage gän huh Höt.

Trotzdäm der Speegel säht: »Wie schön!«
Em neuen Hot bliev Weech wie Möhn
Am ehschte Ladefinster stonn
Un spinks, ov och dä staatsen Hot
Sich druuße, wo et gild, määht god –
Dann ka'mer räuhig wiggergonn.

Wer beim Boch noh'm Enband süüht
Ov beim Bild noh'm Rahme,
Selden op sing Rechnung kütt,
Grad wie bei de Dame.

Bei männicher Schönheit darf mer froge:
»Wat eß wohr un wat gelooge?«

Änniche Fraue sin wie de Zigarre:
Et Deckbladd eß et Beß an inne.

En Frau hät nie jett aanzedunn, och wann se der Schrank voll Kleider hät.

En Frau met Plattföß fingk ene foßfreie Rock »gemein«.

Frauelieb wie Frauenhaß
Scheue nit de schwerste Laß.

Tritt mer ner Frau op der Foß, dann kritt se leich en Höhneraug an et Hätz.

Wer se kennt, de Fraueleß,
Schängk nit üvver der Appelbeß.

Fraue wören de beste Tiplomate, wenn se besser schwige künnte.

De meeschte Frauen hätte kein Logik? Ganz geweß, se eß bloß andesch als wie die vun de Männer!

Bei nem richtige Kaffeklatsch hät gewöhnlig alld noh der ehschte Taß der Düvel et Präsidium.

Frau Krönzel: »Höt ens, Frau Knoll, wat ich Üch sage wollt: ävver nit wohr, wat ich Üch sage, eß ganz unger uns gesaaht. Ich weiß et jo och bloß vum Höresage, un die et meer gesaaht hät, sääht mer, ich sollt et doch nor keinem wiggersage. Un ich well jo och nichs gesaaht hann; ävver Üch darf ich et doch sage. Ehr hat meer jo och alld esu vill gesaaht, un ich weiß, dat Ehr jo nichs wiggersaaht. Alsu, wat ich Üch sage wollt, Frau Knoll, höt ens . . .!« —

Nem Hexenbässem eß verwandt
De Hungkspeitsch en ener Frauehand.

En Frau, die der ganzen Daag putz, putz der Mann am Huus erus.

Der schwatze Schleier deit et nit,
Dat mallig öm ör Troor jett gitt;
Su männiche, die in ömgebunge,
Em Hätzen »Halleluja« sunge.

Dat dat Wood »Frau« wievlig, dat Wood »Wiev« sächlig eß, säht vill.

En god Mutter eß nit immer en god Schwigermutter.

Wells Do de Mutter hann, muß Do ehr Kinder lovve.

En Mutter höt nie gän üvver ehr Kinder schänge, un wann se och selver nit met innen zefridden eß.

ÜVVER MANN UN FRAU

Männerkraff un Frauenehr
Sin däm Land sing schönste Zeer.

De Frau dräumb jungk vum Myrteries,
Vum Lorbeerkranz der Mann.

»Dä« Charakter — »die« Schönheit!

Bei nem Mann frög mer gewöhnlig zeehsch, *wat* hä eß, bei 'ner Frau, *wie* se eß.

Ne Mann fingk mer gän »interessant«, en Frau »schön«.

En domm Frau — ne bange Mann,
Wer mööch se hann?

Et eß aangenähm för en Frau, 'nen beröhmbte Mann,
ävver nit för ene Mann, en beröhmbte Frau ze hann.

Der Adam wor vör der Eva fädig; et soll och hügg noch esu sin.

Ner Frau steiht besser Mannsarbeid als enem Mann Frauenarbeid.

Weed ene Mann jett mih, merk mer et zeehsch an singer Frau.

De Männer sin pingeliger als de Fraue.

Der Mann well an der Frau,
De Frau an ehrem Mann
Noch immer jett ze ändern hann.

»Mer muß Röckgrot hann«, säht der Mann un liet sich vun der Frau öm der Finger weckele.

En al Frau un ene junge Mann,
Dat gitt e schlääch Gespann.

Ne Schwiger*sonn* eß gewöhnlich besser dran wie en Schwiger*doochter.*

Sonndags dörf bloß eine Verein Versammlung hann: de Famillige.

Familligesenn sitz doch en jedem Minsche; sugar al Junggeselle gonn jetz en et Famillige-Strandbad.

ÜVVER DE KINDER

Kinder hann eß Himmelsfreud,
Wann se god gerode;
Schlemmer eß kein Hölleleid,
Sin se andesch woode.

Kinder sin der Eldere Schecksal.

Kindermungk un Kinderhand
Halde männiche Ih em Stand.

Männich Kind hät Vatter un Mutter un eß doch schlemmer dran wie e Waisekind.

Dat eß hellig Kinderrääch,
Dat de Eldere dunn ehr Fleech.

Kinder hann immer Hunger op jett Lieb.

Der Weckelditz kann noch nit spreche un hät doch alles unger singem Kummando.

Et ehschte Kind eß för de Mutter immer e Wunderkind.

Eh dat Kind zum ehschtemol laach, hät et alld off gekresche.

Kinderleid hät decke Trone.

Subal e Kind »ich« säht, muß mer op sing Siel aachgevve.

Woröm männiche Kinder esu vill lege? Dat dörften ehr Mütter am beste wesse.

Kinderohr un Kinderaug
Höd vör allem, wat nit daug!
Eß och klein noch Hätz un Kopp,
Kinder schnappen alles op.

Kinder hann hungrige Auge un Ohre; sorgt, dat se sich nit der Sielemage verderve!

Kinderauge sin bloß klor,
Wann et Hätzge rein un wohr;
Wie de Unschold dren gestorve,
Eß dä Himmelsglanz verdorve.

Selvständige Kinder wells Do hann?
Do häß Do rääch, hald Dich doraan!
Doch wesse muß Do all ehr Stroße,
Un wat se dunn, un wat se loße;
Wat notz enem Kind Selvständigkeit,
Wann im et Beß verloore geiht!

Kinderfößger struchele leich.

Vatteraug un Mutterhätz –
Woren die en Dinger Jugend
Leidstän Deer om Wäg zor Tugend,
Sin se't och noch bis zeletz.

Kinderverzäll eß immer »Deechtung un Wohrheit«.

Kanns nit vun enem Kind verlange,
Wann et Schecksal Dich ens schleiht,
Dat et och der Kopp liet hange;
Kindersenn behäld kei Leid.

Kinder spillen immer gän,
Wat meer Alen drieve;
Klor un rein wie Sonn un Stän
Muß uns Beispill blieve.

Et Kinderspill
Verzällt uns vill
Getreu un lus
Us Schull un Huus.

Nen Haufe Sand
För Kinderhand
E Zauberland!

»Rusekranz, wat gild de Schanz?« höt mer nit en enem Villeveedel.

Subal ene Jung ensüüht, dat mer ner Mösch kei Salz op der Stätz streue kann, öm se ze fange, darf hä en Helpebotz drage.

Kinder höre gän zo, wann Vatter un Mutter us ehrer Kindheit verzälle.

Mädcher dörfe nit »leich« un Junge nit »schwer« sin.

ÜVVER SCHULL UN LEHRER

Nichs weed esu gründlig jitz studeet,
Als wie mer Kinder trick un leht;
Doch määht noch immer e god Geschäff
Der grönen Desch me'm Schema »F«.

Däm, dä düchtig, frei de Bahn?
Ärmod soll nit mih schineere?
Vöraan, Volksschull, jitz pack aan,
He kanns *do* jett prufeteere!

Künnten de Kinder wie Alen denke,
Dörf mer sich Schullen un Lehrer schenke.

De Kinder müsse noch immer männiches uswendig lehre, wofür se nichs enwendig hann.

Dat eß Papageienunterrich, wann de Kinder nichs ze denke, bloß jett ze behalde krige.

De Kinder sin esu gän em Märcheland; dröm soll der Lehrer och ens dann un wann met innen dohinspazeere, wann et och nit em Lehrplan steiht.

Et gitt Kinder, die hann zo Huus en Höll — maaht innen de Schull zum Paradies!

Et eß god, wann ene Lehrer verheerot eß un selvs Kinder hät.

Mallig höt gän, wann hä geloov weed, besondesch ävver e Kind un besondesch vum Lehrer.

Ne Lehrer, dä loov,
Verhöd vill Strof.

De Kinder kennen der Lehrer off besser als der Lehrer de Kinder.

Künnt doch jede Lehrer ens sinn, wat de Kinder vun im nohmaache!

Dem Lehrer sie Geseech eß der Kinder ehr Barometer.

Ne Lehrer muß sien Heim us der Schull un de Schull us singem Heim loße.

De meeschte Eldere verlange vum Lehrer mih Gedold als wie se selvs hann.

Zwesche Katheder un Pulte muß immer jett Avstand blieve.

Wo vill Papeer unger de Schullbänk litt, eß vum Lehrer nit vill ze halde.

Je lauter der Lehrer, desto unräuhiger de Kinder!

Et Strammsetze määht nit de Schulldisziplin.

Dat de Kinder beim Schullspille immer noch ene Stock hann müsse, eß kei god Zeiche.

Et eß verdächtig, wann der Zeigestock en der Schull ene Reedstock eß.

Der Stock schaff Furch, ävver kein Autorität.

Autorität weed nor dä Lehrer hann,
Dä sich beim Schullhalde uuswiese kann,
Dat hä als Meister steiht üvver der Saach;
Dä och en däm, wat hä leht un befillt,
Selver de Kinder eß Beispill un Bild —
Alles met Lieb nor, Lieb nor gitt Maach!

Hät ene Lehrer kein Autorität,
Eß hä der Name »Magister« nit wäät.

Wann Do andere muß belehre,
Wood allein, die dunn et nit;
Wer Dien Beispill nit kann ehre,
Och nichs öm Ding Prädig gitt.

Ne Lehrer darf streng, ävver nit ungerääch un parteiisch sin, dat vergessen im de Kinder nie.

Der Lehrer muß Idialiß sin, söns eß sing Arbeid Daglühnerscharbeid.

ÜVVER ALLERLEI MINSCHE

Ärg gescheite Lück un Nulle
Hann gewöhnlig eige Schrulle;
Dröm, wer als Genie bekannt,
Weed vum Volk ene »Geck« genannt.

Wie männicher an ene Orde kütt,
Dat weiß hä männichmol selver nit.

Wat de räächte Godes deiht,
Soll de linke Hand nit wesse;
Dröm och en der Zeidung steiht,
Wann ene Riche kunnt jett messe.

Wenn all de Riche wööte
Wie männichen Ärme gevve,
Wör secher bal de Ärmod
Us Dorf un Stadt verdrevve.

Der ein, dä jag noh God un Geld,
E Thrüünche well der andre;
Nor glöcklig sin, die durch de Welt
Em Hätzensfridde wandre.

Wer de Maach hät ze rüffele,
Muß sich höde ze schnüffele.

Uns leev Metminsche günnen uns alles,
bloß nit, wat se sich selver günne.

Wer vill durch der Dreck muß gonn,
kritt ene schwere Gang.

Der Chreß eß wie singe Sonndag.

Wer söns sich gar nichs us Deer määht,
— Et eß e komisch Dinge —
Subal hä Dich ens nüdig hät,
Dann weiß hä Dich ze finge.

Männicher hät en Huus un doch kein Heim.

Wer *zo* klog sin well, määht gewöhnlig en Dommheit.

Mer soll die Dreimol-Kloge
Doch ehsch öm alles froge;
Geiht irgends scheif en Saach,
Han die et sich gedaach.

Huh Hären hann wie huh Kamine all ehren Bletzavleiter.

Et süüht keiner mih noh der Ohr,
als dä, däm de Zigg langk weed.

Ne späde Gaß kütt selde zo paß.

Gauner sin doch musikalische Minsche,
se fleuten op alles.

Wer et säht, dat hä sich schammb, deit et am winnigsten.

Wie bellig doch ene Modegeck singe freie Welle verkäuf!

Die de winnigste Hooren hann, friseeren sich am längste.

Unger Gecken eß der Geck vernünftig.

Sklavenhandel eß verbodde, un doch gitt et noch Minsche, die sich selvs un andere verkaufe.

Hä gläuv an nichs; hä liet sich bloß dann un wann ens de Kaat opschlage.

Wie N. zo singem Pößge kom,
Dat weiß mer, ohne lang ze froge;
Et wor dä ale Klüngelskrom:
Vill Puckel un jett Ellenbooge.

Die gar esu söß dunn, maachen einem gewöhnlig et Levve soor.

Wer bütz, wat hä nit gän hät,
Eß selvs kein Bützge wäät.

Wer met Hexen öm moot gonn, bedank sich vör der Düvel.

Keiner kann esu zefridden dunn wie der Ehrgeizige.

De meeschte Minsche sin moralisch us Minschefurch, nit us Goddesfurch.

Minscheschinder sin Minscheschänder.

Wer unrääch deit,
Sich selver schleiht.

Wer seeg, hät rääch; wer rääch hät, seeg nor nit immer.

Voll Iefer spannt de Jugend
De Hoffnung vör der Wage;
Et Alder liet am leevste
Sich vun Erinnerung drage.

Am schönsten durch et Levve fääht,
Wer op de Häng gedrage weed.

Wer sich am Maiesäge
Nit rääch mih freue kann,
Muß vun enem Allersiele
Noch jett em Hätzen hann.

Wer all sie Levvensglöck
Bloß op ein Kaat gesatz,
Däm hät et Schecksal flöck
Ne Strich derdurch gekratz.

Am Künslerhimmel gitt et winnig Sonne, ävver vill Planete.

Geföhlsminsche sin schläächte Pulitiker.

Große Geister denke nit immer groß.

Männiche Schreffställer sin Schreffsteller.

Et gitt och unger studeete Lück — Prümme!

Grad die Minsche, die keine Tack hann,
wellen immer de ehschte Vigelin spille.

Der Dokter un der Pastor hören bloß met einem Ohr un wäden doch et ganze Älend vun de Minsche gewahr.

Ne Kranke wirf ene Schatte, dä fällt bis en uns Hätz.

Al Auge sinn wigger als junge.

Männiche hann et Wood en der Gewald
un doch kein Gewald em Wood.

Et gitt Minsche, die blieven ehr levvelang en der Weckelbotz.

Männich einer geiht en Ketten un weiß et nit; hä merk et ehsch, wann se im avgenomme wäde.

Och der Universitätsprofessor wor ens enen A-i-Köttel.

> Männicher, dä e Glöck besesse,
> Hät et »Glöcklig sin« vergesse.

»Eine Ehrenkrone ist das Alter, auf dem Wege der Gerechtigkeit wird sie gefunden«, steiht och om Dudezeddel vun al Spetzbove.

Wenn der Uhland hööt, wie un bei welche Gelägenheite »Das ist der Tag des Herrn!« gesunge wööt, hä dät sich kapottlaache.

> Der ein, dä liß der Schiller gän,
> Der andere schwärmb för Goethe;
> Doch keiner mööch, dat vun dä Stän'
> Mer eine messe mööte.

Ne richtige Kölsche verleet nie de Spaß am Hännesge.

Der Kölsche kennt keine Zorn; hä weed kott un schleeßlich pack in de Wod.

Vill Kölsche gingke nit esu gän en der Dom, wann de Huhstroß nit wör.

De Kölsche müssen bei allem Feere jett Fastelovend hann.

ÜVVER LEVVEN UN STERVE

All Levven eß e Wunder un et Minschelevven et gröötste.

Em Levve ka'mer off wie op ener Thiaterbühn sage: »Et eß doch alles bloß Pappendeckel!«

Et Levve spennt off Fäddem, die halde wie Kette.

Mallig hät en singem Levvensboch e Bladd, dat hä gän eruusrieße mööch, wann hä et künnt.

Schmeck üch et Levve gar ze soor,
Sorgt, dat ehr Kant'sche Pelle kritt!
Jett Besseres doför gitt et nit
Als Schlof — un Hoffnung — un Humor.

Mallig mööch ens em Levven en Roll spille, un wann et op Fastelovend eß.

För de Reis durch et Levve määht et Schecksal der Fahrplan.

»Su Godd well!« eß ene ale Sproch,
Dä soll mer nie vergesse;
Der Herrgodd föht jo drüvver Boch,
Wat mallig zogemesse.

Der Dud eß et Wichtigste vum Levve.

Vun jeder Reis ka'mer jett verzälle, nor nit vun der letzte.

Der Dud well och nit mih aldmodisch sin; hä fääht jitz gän en der Elektrische un em Auto.

Dat trüs en Nud,
Dat ärm un rich
Em Schlof, em Dud
Sin all gelich.

Geiht et op et Sterven aan,
Zweierlei der Dud verschriev:
»Wer vöropgeiht, dräht de Fahn,
Un et Krütz — wer hingerbliev!«

Dat eß de schwerste Frog em Levve:
»Wat mag et noh dem Dud ens gevve?« —

ÜVVER GLÖCK UN LEID

Et Glöck un et Leid
Hann allerlei Kleid.

De Freud verkööz de Zigg
Un määht Ding Dag zo Stunde;
Nen Dag voll Leid — Do meins,
E Johr wör üvverwunde.

Beim eine kütt et Glöck späd,
Beim andere späd et Leid:
Wer Glöck un Leid zoglich dräht,
Sich noch am beste steiht.

Et Glöck häß Do am leevste,
Wann et vun Deer geiht;
Et Leid föhls Do am deefste,
Wann et vör Deer steiht.

Glöck, dat nääht;
Unglöck zääht.

Ov de Zigg, die kütt un geiht,
Ändert och et Levve,
Lieb un Haß un Glöck un Leid
Weed et immer gevve.

Himmel, Höll un Fägföör wäde
Uns ze deil alld he op Ääde.

Wells Do der Himmel hann op Ääde,
Dann muß Do bloß — zefridde wäde.

»Glöcklig sin« heisch »Zefridde sin«. Ävver wann eß einer ganz zefridde?

Do kanns Der em Levve vill Freud maache, wann Do se andere määhs.

Freud un Fridde sin verwandt,
Kummen immer Hand en Hand;
Wer de Freud zo Gaß well hann,
Frog zeehsch beim Fridden aan.

Fridde verlangk Wohrheit, dröm eß hä och op Ääde esu selde.

Glöck un Freud sin probate Schönheitsmeddel.

Wo de Sonn fählt, kütt Krankheit un Dud;
Wo kei Glöck eß, sin Sorgen un Nud.

Me'm Widdersinn, me'm Widderhann
Kein ander Glöck sich messe kann.

Wat männicher als sie Glöck betraach,
Dat weed sien Unglöck üvver Naach.

Et Leid weed immer am Glöck gemesse.

Wenn och et frembde Leid
Off schwerer schingk,
Doch kein su wieh Deer deit
Als wie et Dingk.

Se kummen un dunn Dich beklage
Un sage zum Trus dit un dat;
Die Leid muß Do selvs ävver drage,
Un dat — jo dat eß et doch grad!

Mallig kütt ens an singe Karfriedag.

Leid määht ärm, un wann Do Millionen häß.

Glich Leid määht verwandt.

Hätzeleid en Seid un Lumpe geiht.

»Gedöldig avwade, gedöldig erdrage!«
Dat liet sich esu seimig, esu salvungsvoll sage;
Doch wer in muß schlecken, dä soorsößen Drank,
Däm eß nit geholfe, dä weed ehsch rääch krank.

Männiche Gravhüggel eß hüühter als der hüüchste Birg: mer kütt nit drüvver.

Dä Leidwurm, dä am Hätze nag,
Höt off nit op ze fresse,
Bis dat et met dem letzte Schlag
All Qual un Leid vergesse.

Ov Deer et Schecksal Wunde schleiht
Bis en et Hätz eren,
Et Levve räuhig wiggergeiht,
Der Himmel fällt nit en.

Et Schecksal hät zerschlage
Die Glöck — Do stirvs nit glich:
En Hätz kann vill verdrage,
Eh dat vun Leid et brich.

»Krützdräger sin de Minschen all op Ääde«, —
An däm Gedanken hald Dich faß em Leid!
Hä weed, wann Dich et Schecksal nidderschleiht,
Deer stell zum Simon vun Cyrene wäde.

ÜVVER LIEB UN FRÜNDSCHAFF

Et grönt kei Riesge su dönn un klein,
Et mööch ens blöhe;
Et schleiht kein Hätzge su stell un rein,
Et mööch ens glöhe.

Wann einer Dich gän hät,
Dä looß nor gewäde!
Et »Gän hann« eß doch noch
Et Schönsten op Ääde.

Un däts Do luuter Stacheldroht
Deer öm et Hätz erömbinge,
De Lieb säht stell ehr Zauberwood
Un weiß der Wääg ze finge.

Keiner jett dunn kann
Gägen dä Sproch:
»Zwei, die sich gän hann,
Fingen sich och.«

Ne Minsch mag noch esu häßlich sin, wohre Lieb määht in schön.

Wann et Hätz brennt, lööchten de Auge.

Lieb sprich nit vill, se spillt am leevste stomm Handwerk.

Wie groß en Lieb eß,
Mer süüht et dran,
Wat för en Offer
Se bränge kann.

Nirgends schingk der Zofall esu gän en Roll ze spille als wie beim Freie.

Un ov et freet,
Ov rähnt, ov schneit,
Eß einerlei:
Vun fröh bis späd
Weed doch gefreit
Als wör et Mai.

Beim Freie weed meeschtens nit drop geaach, ov mer sich gän hät oder bloß verlieb eß; et weed geheerod, un dann — kütt et eruus.

Wat nit all unger dem Name »Lieb« en de Ih geiht!

De Lieb schlüüß me'm Glaube gän Kameradschaff, me'm Verstand steiht se meeschtens op Kreegsfoß.

Lieb verwennt.

De Lieb setz et Hätz en Flamme, un dat kann doch dunn, als lög et im Iesschrank.

De Lieb fängk off lyrisch aan, weed dann dramatisch un am Engk philosophisch.

Dat eß et gröötste Liebesleid,
Wann heiß et Hätz för einer schleiht,
Dä irgends andesch freie geiht.

De Lieb, die durch der Mage geiht,
Kritt Flecken op ehr Huhziggskleid.

Subal et Alder freit,
De Lieb op Kröcke geiht.

Do solls öm Lieb nie beddele gonn,
Noch winniger solls Do Lieb deer kaufe!
Se bliev vör Dinger Huusdöör stonn
Un geiht, subal se kann, Deer laufe.

Wer öm Lieb beddele geiht, kritt de Döör gewesse, ov et weed im jett Metligge en de Hand gedröck.

Metligge eß Lieb-Ersatz.

> Hätz, wat beß Do doch esu stell?
> Deit et Dich verschrecke,
> Dat Ding Lieb enschlofe well?
> Looß Ding Treu se wecke!

De chreßliche Lieb darf met ehrem Mantel Schwaachheite, ävver kein Verbreche zodecke.

Feindeslieb eß starke Tubak, dä kann nit mallig rauche.

Fründschaff eß en Bloom, die mer nit em Drievhus trecken darf.

Kamerade ka'mer immer hann, ävver — dä gliche Schrett un Trett!

ÜVVER GLAUBEN UN WOHRHEIT

Studeer de ganze Philosophie,
Der Kinderglaube gitt Deer mih;
Glöcksillig, wer in sich verwaaht:
Et Sterve weed im leich gemaaht.

Gläuve määht glöcklig.

Wann der Kopp nit mih gläuve kann,
Fängk et Hätz gän ze gläuven aan.

Der Glauben eß der Vatter un de Lieb de Mutter vun der Hoffnung.

Muß mer et Kind begrave, sterven och gewöhnlig de Eldere.

Wör der Zwiefel nit esu bellig,
Määht der Glaube nit esu hellig.

Met der Wohrheit geiht et wie met der Freiheit:
Mer hoff se schleeßlig ze finge, wa'mer dud eß.

Dat eß wahl de schlemmste vun all unse Ploge,
Dat en der Welt weed su vill noch gelooge.

Je magerer de Wohrheit, desto decker de Löge.

Et gitt Engelslöge un Düvelswohrheite.

Löge wäde meeschtens besser verdragen als Wohrheite.

Kanns do selver de Wohrheit verdrage,
Darfs do mallig de Wohrheit och sage.

Jede Wohrheit hät ens ehren Ostermorge.

ÜVVER ALLERHAND MINSCHLIGES

Bichten eß schwer, ävver et määht leich.

Wer sich vun ennen besinn well, määht am besten de Auge zo.

Et kütt nit op et Kössen aan,
Dat mer naachs god schlofe kann.

Et Gewesse hät e god Gedächnis.

Kei Gebett weed esu vill gebett wie et Vatterunser, ävver et weed och bei keinem esu winnig gedaach.

Wie et Gemöt, su et Gewesse.

E löstig Laachen eß för de Siel e Sonnenbad.

Mer soll doch nor, wann et ävvens geiht,
Et Laache nit versüme;
Et gitt genog Gelägenheit
Zum Krieschen un zum Kühme:
Et Laachen eß wie gode Wing
En räächte Sielemilizing.

Gedanke kummen un gonn wie der Bletz, un doch eß selden 'ne Gedankenbletz drunger.

Wat Do wäät beß, sagen Deer Ding Gedanke.

Et sin nit immer Ding eige Gedanke, die Do denks.

Gedanke sin off wie lästige Fleege; mer jäht se fott, un glich drop sin se widder do.

Dat göv en Kirmes, wann op eimol ens all geheim Wünsch erföllt wööte!

Mallig hät en singem Hätzensgaden e Pläzge, wo hä keiner hinföht.

De Siel geiht gän zweschen Daag un Dunkel spazeere.

Wann de Phantasie aangespannt weed, muß sich der Verstand op der Bock setze.

Wo Phantasie schaff ohne Verstand,
Do eß kein räächte Künslerhand.

Wer vum Kunswerk well
Op der Meister schleeße,
Muß en singe Wing
Off vill Wasser geeße.

Zo vill Tak määht unwohrhaftig.

E god Hätz eß ene gode Wäägwieser.

Sich keiner domet gröötер määht,
Dat hä sing Nas jett hüüder dräht.

Die Fähler, die mer geerv hät, woozeln am deefste, do hät mer sie ganz Levve lang met ze dunn.

Et Laster schriev singe Kunden de Quittung en et Geseech.

Männiche Arbeid eß Spillerei, un männiche Spillerei weed zor Arbeid.

Wann et met enem »Hämsch« gedonn eß, soll mer nit hoste.

En große Zigg zeig am beste, wie klein de Minsche sin künne.

Ov esu vill Schund wahl geschrevve wööd,
Wa'mer de Feddere noch schnigge mööt?

»Ze spetz« eß ene schlemme Zungefähler.

Alkohol un Lieb un Gold
Sin vill Leid un Unglöck schold.

En der Weetschaff weed männiche Weetschaff begrave.

Männich einer hät alle Mondags Äschermettwoch.

Noh 'nem Danzkränzche kütt männichmol ne Kränzgesdanz.

Wie off mag unsen Herrgodd nit en Aug zomaache!

Wat mag unsen Herrgodd wahl denke, wann se en der Elfohrmeß *stonnsfoß* dat Leed singe: »Hier *liegt* vor Deiner Majestät *im Staub* die Christenschar«?

Fromm dunn eß e Geschäff, dat huh Pruzente avwirf, dröm eß och de Konkurrenz esu groß.

Fromm *dunn* eß leichter als fromm *sin*.

Männiche geistige Koß darf mer bloß löffelwies nemme.

Eh mer aanfängk un jett deit,
Soll mer üvverläge:
»Määht en Arbeid uns kein Freud,
Fählt ehr och der Säge.«

Langewiel spillt gän.

Noh'm Huusputz hät gewöhnlig doch noch einer en der Wonnung jett ze dunn — der Dokter.

Wat »gesund sin« heisch,
Kann nor dä rääch wesse,
Dä en Zigglang moot
Sing Gesundheit messe.

Wa'mer Minsche studeere well, muß mer Auge studeere.

Schönheit verleet durch Dommheit, Häßligkeit durch Klogheit.

De Schönheit muß öm ehr Tugend,
de Tugend öm ehr Schönheit kämpfe.

De Klogheit kann mih vun der Dommheit, als wie de Dommheit vun der Klogheit prufeteere.

Mer kann vill, wa'mer well;
wer vill well, kann nor nit immer vill.

Et weed alld ens aangespannt un doch nit avgefahre.

Et gitt e Zauberkrugg »Ich well!«
Blöht dat en Dingem Hätze,
Dann hald et wärm un fläg et stell,
Kanns Birg dermet versetze!

Et häld schwer, et ze wäde; ävver et eß och et schönste, wat mer wäde kann: ne gode Minsch!

Et Gode weed selden öm singer selvs welle gedonn.

Gläuvt, et wööt uns angs un bang,
Dörf mer alles wesse,
Söhch mer nor en Amelang
Hinger all Kulesse!

Wann der Neid op Wanderschaff geiht, hät hä der Rucksack voll Löge.

Je hüher Ding Leider,
Je mih häß Do Neider.

Der Neid vun dä andere zeig Deer, wie glöcklig Do beß.

E Düvelshätz sprich gän met ener Engelszung.

»Et Rääch eß hellig« höt mer sage;
Dröm weed et — an et Krütz geschlage.

Et gitt esu lang Kreeg, bis all Minsche — Minsche sin.

Zwor spillten Düvel un Haß em Kreeg
Wahrhaftig nit de kleinste Roll;
Doch hatt de Lieb, dat Engelsweech,
Noch mih wie söns de Hängcher voll.

Wo Minsche sin, do minschelt et.

Mer muß alld ens ene Strech durch en Rechnung maache; künnt mer doch domet och dä Strech vergesse!

Der Brußton der Üvverzeugung fingk immer Beifall, sugar, wann hä nit ech eß.

Wööten en männiche Versammelunge su vill Penninge wie Wood verlore, et Ophevven dät sich luhne.

Berof un Ömgang färven immer jett av.

En der Pulitik weed immer Thiater gespillt, meeschtens ävver Hännesge.

Wann ene Thrun waggelt, dann sin gewöhnlig ze vill Puckele, wo hä steiht.

Mer soll sich üvver alles sing eige Meinung maache, söns eß mer ne Phonograph.

Neuloß hät leichte Arbeid.

> Üvverlääg god, wat Do sähs,
> Ävver dreimol, wann Do't schrefflig määhs!

En Wund well verbunge sin.

Op der Jaag noh 'ner bessere Stell spillt der Düvel gän Wäägwieser.

Dat Wood »Klüngel« eß kölsch; hä selvs eß international.

Der Klüngel schleiht et Rääch off medden en et Geseech, un dat weiß noch nit ens, woherr dä Schlag kütt

Der Instanzewääg eß enen unheimlige Wääg. Do spok der Geiß vum helligen Bürokraties, un do danzen Irrleechter üvver geheim Personalakte.

Et eß god, wa'mer en Zokunf, ävver et eß nit god, wa'mer en Vergangenheit hät.

Je winniger Uniforme, desto freier et Volk.

Mer kann och einer met Wood dudschlage.

Mer muß lang krank sin, dann süht mer, wie flöck mer en der Welt vergessen eß.

Un wöör Die Verdeens jitz och gar nit ze messe,
Et kütt doch en Zigg ens, do beß Do vergesse.

Üvver sich selvs Här sin, eß schwerer, als üvver andere Här sin.

Mer geiht kein Trapp erop, mer muß se och widder erav.

Wenn noch esu huh Ding Leider geiht,
Vergeß die Plaaz nit, drop se steiht!

Ov e Pööhlche, ov ene Pohl,
Wer sich drensetz, määht sich voll.

Mer kann nit üvverall de lang Pief rauche.

Mer kann nit all Wäg met der Elektrische avmaache.

Kopp — Hätz — Mage!
Vun dä dreien eß der Mage ze ungesch.

Wann der Mage verstemmb eß, brummb der Kopp.

En eige Daach üvver dem Kopp eß jett Schönes; de meeschte ävver krigen et ehsch en der Dudelad.

ÜVVER DEERE

En Aap kann nie zum Minsche, ävver ene Minsch kann zor Aap wäde.

En enem Aapethiater laache vill Lück üvver sich selver.

Der Hungk eß der beste Stätzschwenker, dat sollten doch gewesse Lück bedenke.

Je krommer sing Bein, desto schöner der Teggel.

Et Karepääd määht esu leich kein Sprüng.

Männich einer well op et Pääd un kütt op der Hungk.

Mer arbeid wie e Pääd un weed esu möd wie enen Hungk.

Och et leevste Kätzge zeig ens sing Kralle.

Ner Katz darf mer nit op der Stätz tredde, do eß se empfindlig.

Wann der Löw bröllt, ziddern all Deere, bloß nit — sie Wievge.

Nen alen Essel eß nit klöger als ene junge.

Nem Essel weed gewöhnlig mih opgepack als wie hä drage kann; dat kütt dervun, wa'mer immer nor »I — joo!« säht.

Nem Schwein kann et egal sin, ov mer et »Sau« schängk.

Dem Schwein eß der Meßhauf et Paradies.

Streu nur ener Sau ens Ruse,
Ich wedden drop,
Se määht nit lang vill Fluse
Un — friß se op.

Nit jeder kann Adler sin, et muß och Höhner gevve.

Mer schlaach kein Hohn, dat Eier läht.

En Mösch kann piepsche wie se well, se weed doch nie en Nachtigall.

Spennen hassen der Stäuver.

En Fluh eß esugar »hoffähig«.

ÜVVER FLANZE

Wo en Bloom am Finster blöht
Ov om Desch em Stüvvge,
Fingk sich och e god Gemöd,
Dat sich freut am Düffge.

Jedes Blatt, dat welk un fällt,
Schreit: »Memento!« en de Welt.

Unger dem Unkruck sin och schön Bloome.

Och ene krommen Aß
Dräht sing Blädderlaß.

Us nem Gade eß leich jett Gröns holle.

Ruse welle gefläg sin.

Och en Rus stink, wann se verblöht eß.

Strühbloomen halden sich am längste.

Wa'mer met ener Ketsch zefridden eß, eß mer keinen Appel wäät.

De Dollkeesch heisch botanisch »Belladonna« (Schöne Frau), wahrscheinlig, weil mer doll dervun weed.

Decke Druven hann e deck Fell.

ÜVVER SAACHE

Em Dal lock der Birg, om Birg et Dal.

Foßtappe sin wie Frogezeiche.

Ne stelle Wääg weiß vill ze verzälle.

Ne neue Givvel määht et Huus nit neu.

Mer soll en Huus nit noh'm Givvel taxeere.

Böcher sin de beste Prädiger.

God Böcher sin immer met Hätzblod geschrevve.

Spetze Feddere spritze gän.

Die Breef, »die mer nit hinger der Speegel stich«, blevven am besten ungeschrevve.

Et Papeer weed immer döörer, ävver gedöldig bliev et.

Der Papeerkorv eß noch gedöldiger als et Papeer.

E blank Scheld eß flöck beschmeet.

Der Rock hät en singer Glanzperiode alld Verfallzigg.

Frack un Zylinder sind dem ein, wat dem andere ne reine Krage.

Wat ene Penning wäät eß, merk mer ehsch, wann hä einem fählt.

Et Geld mag an Wäät verleere, sing Maach behäld et.

»Wie mer doch verkannt wäde kann!« meint enen Botzeknopp em Klingelbüggel.

»Ticktack! Ticktack!« säht de Ohr;
»Alles eß vun kooter Door;
Levve — Sterve, hin un her —
Wer zeröckbliev, hät et schwer.“

Ne »gesesse« Stohl eß nit immer der bequämste.

Wie der Dopp, esu de Schmeck.

Aal Döppe hann meeschtens enen Basch.

Wo ’ne Bässem geiht, gitt et Stöpp.

Och zotteete Lumpe blieve Lumpe.

Et kütt em Levven all drop aan, wer, ov wat mer eß: dem Limburger verzeiht mer sugar et Stinke.

En enem Stall kann et nit noh Vijule ruche.

Et eß leichter, ne Knöddel ze maache, als en widder opzemaache.

Der Morge stellt Froge, der Ovend gitt Antwood.

Mer darf vum Mai kein Frooch verlange.

Fresch der Morge,
Wärm der Dag,
Schwöl der Ovend,
Naaß de Naach —
Eß der Maimond su verlaufe,
kann der Winter bellig kaufe.

De Heimat hät Mutterärme.

VERZÄLLCHER

WIE ET PITTERCHE UN ET ANNCHE EN DE FERIE BEI DER GROSS WORE

Et wore Ferie! Et Pitterche un et Annche, zwei rächte kölsche Quante vun zehn un aach Johr, met enem Kopp voller Streich, ävver nem Hätz got un weich, wore tireck am eeschten Dag vun ehre Eldere, die e Kies- un Eiergeschäff an Zinter Vring hatte, op et Land bei de Groß gedonn wode. Su wore se de Eldere, die ärg vill ze dunn hatte, för die fünf Woche us de Föß, un de Groß fraut sich, dat se de Bäckelcher vun ehre Enkelcher, die en Kölle trotz Kies un Eier jet mager un blaß gewode wore, widder rund un rut maache dorf.

Bei der Groß hatten die zwei Trabante wie jedes Johr, wann se do en de Ferie wore, Freud mih wie ze vill. He kunnte se sich esu räch usrölze, danze un springe, un laache un singe, wie se Loß hatte, un die hatte se der ganzen Dag. Wann och de Groß ald ens säht: »Waht! Ich schecke üch morge widder noh Kölle, ehr stellt mer jo noch et Hus op der Kopp«, su kunnt mer doch ehre ahl gotmödige Auge ansinn, dat ehr dat nit ähnz wor, doför hatt se ehr Enkelcher vill ze gän bei sich. Dat woßten die zwei ävver och, un wann se ens widder ne Streich gelivvert hatte un de Groß schänge wollt, dann sprunge se vun beize Sigge op se an, gove ehr enen Butz, de Groß laachte, un dat Kreppche kunnt widder vun neuem loßgonn.

Wat hatt de Groß nit för ene schöne, staatse Gade! Veer Äppel-, drei Birre- un fünf Prummebäum hatten et raggeweg drop avgesinn, dem Pitterche un dem Annche et Klemme beizebränge. Dat verstunten se och bahl besser als et Eimolein. En nem Rüppche soßen se bovven en der Krun vun nem Baum un schnabeleeten do wie de Mösche, un mänchmol su lang, bis se Buchping krägte. Dann säht de Groß zwor: »Su, dat eß üch got, dat eß de Strof derför, dat ehr esu ungenüßig gewäs sid«; ävver Peffermünztee kochte se innen doch un hatt nit eher Rauh, bis dat verdorve Mägelche widder en Odenung wor. – Eimol ging de Groß durch der Gade un reef noh denne zwei. Die soße grad huh en nem Prummebaum, ävver se reppten un wägten sich nit, bis de Groß grad unger däm Baum wor. Do schöckelten et Pitterche hösch an nem Aß, dat die Prumme der ärm Groß öm der Kopp eröm floge. Die meint, dat hätt der Wind gedonn, un säht för der Nohber, dä grad üvver de Heck lorte: »Et eß doch bahl Zick, dat de Prumme avgemaht wäde, se sin ald üvverrief.« Do finge die zwei Ströpp em Baum an ze laache, un et Annche reef erav: »Leev Groß, mer sin ald am avmaache!« »Waht, ehr Nixnotze! Wann ehr erunderkutt, dann gitt et andere Prumme«, drauten de Groß nohm Baum erop, un wat gov et nohher? – Prummekooche!

De Groß hatt ävver nit bloß ene Gade, se hatt och ene Geißtestall met 'er schön wieß un schwatz gefleckte Geiß. Där mahten die zwei Trüppcher off ene Besök un hatten ehr Spaß an däm Deer, dat esu schön met däm Stätzge wibbele un esu nett dozo »enä« sage kunnt. Subahl die Pute en dem Stall wore, fingen se dat Leedche vum Ohm Will an ze singe, dat se vun ehrem Vatter geleht hatte:

Et log ener Geiß ens schwer om Hätz,
Dat sei bloß hatt dat Stümpche Stätz.
Dä Stätz, dä wollt nit waße,
Dä Stätz, dä wollt nit wi-wa-waße!

Un wann se en däm Leedche esu wick gekumme wore, dann trok et Pitterche die Geiß an ehrem Wibbelstätz, un glich mahten dann dat Deer: »Enä-ä-ä-ä, enä-ä-ä-ä!« Un dann hätte sich die zwei bahl schibbele künne vör Laache, bis de Groß der Stall opmaht, dat Kreppche sich aanhoot un – metlaachte.

Üvver däm Geißtestall wor ene Heuboddem. Do kunnt mer et Pitterche un et Annche en der eeschte Zick vun de Ferie och off finge, dat heiß, mer moht se got söke, su deef hatten se sich mänchmol en dat Heu erengemurkelt. Dann reefen se metunger, su hatt se kunnte: »Gro-o-oß! Gro-o-oß!« Un wann dann die got Frau op dat Geschrei eropgelaufe kom, dann wor alles müsgestell, un se sooch nix als ehr Heu. Späder sooch mer et Annche ävver nit mih en däm Heu, do wor nor et Pitterche dann un wann noch ens do, un dat kom esu. Eines Meddags, als die zwei em Heu esugar engeschlofe wore, do leef dem Annche op eimol e vörwitzig Müsche üvver et Geseech. Dorüvver woot et wach, un wie et de Auge opmaht, do soß dat Deerche grad op singem rächte Bein un maht e Männche. Dat Müsche op dem Bein sinn, ne gewaldige Krieh dunn, opspringe un de Leider eravkiele, dat ging flöcker bei dem Annche, als wie ich et verzälle kann. Sick der Zick wor ävver dat Mädche nit mih vun singem Broder op et Heu ze krigge.

Bei rähnigem Wedder dorften de Kinder op die große Läuv gonn, die sich üvver dat ganze zemlich lange Hus hertrok. Wer do meint, dat wör doch keine Openthalt för Kinder, die spille welle, ald allein wäge däm Dreck un Stöpp, dä op de Läuve jo miestens ze finge eß, dä hatt sich he fieß verdonn. Op der Groß ehrer Läuv wor et, wie üvverall em Hus, bletzeblank. De Dille wore wie geleck, die moht de Mähd alle Woche eimol opnemme, un an de Hahnebalke wor kei Spennche ze finge, un die veer Läuvefinstere bletzten wie die en der got Stuvv un leeten esu vill Leech durch, dat mer en jeder Eck sinn kunnt, wie rein et do wor. De Groß sooch och he der Mähd scharf op de Fingere, denn he dät se, wann et rähnte, de Wäsch drügge, he dät se et Obß em Winter, fresch un engemaht, verwahre, un nor en einer Eck, do stund, wat mer su nennt, allerlei Brassel un Läuvekrempel. Un grad die Eck wor an dä Dag, wann de Engelcher der Himmel schrubbe mohte, wie de Groß säht, för et Pitterche un et Annche e gefunge Fresse.

Allein gingke se zwor nit do erop, winnigstens et Annche wollt et nit, sickdäm et Pitterche do bovve em Halvdunkel ens Gespens gespillt un sie Schwesterche äklich bang gemaht hatt. Et Annche sorgten immer doför, dat noch drei oder veer Pute us der Nohberschaff, met denne se och söns ald ens zesammespillte, met eroptroke, un de Groß hatt och gar nix dergäge, nor säht se dann gewöhnlich: »Maht meer ävver nit ze vill Spektakel do bovve un doht alles widder fott, wat ehr eruskromt.« Dann gingk dat ganze Schmölzche op de Ziehe de Trapp erop, un se sproche kei Wötche, bis se de Läuvedör hinger sich zogemaht hatte. Ävver dann fing de Kirmes an.

Do stund en der Krempelseck e mächtig groß alt Kleiderschaaf, worenn allerlei Wöbcher vum Großvatter sillig, die de Groß met ehrem golde Hätz nit hatt fottgevve künne, verwaht wohte. Der Großvatter wor Föschter gewäs, un do hingen dann noch en däm Schaaf sing Werkeldags- un Sonndagsuniform, sing grön Mötze un Höt, do stunte sing Zäbele un Gewehre. Dat wor get för et Pitterche un sing Kamerade, wann se sich die Mötze opsetze, ne ähnze Zäbel ömschnalle un met 'em ähnze Gewehr op der große Läuv Zaldat spille kunnte. Et wor got, dat de Kumpanie nor us zwei oder drei Mann bestund – et Pitterche em Großvatter singem Galahot wor selvsverständlich immer der Haupmann – de ganze Läuv wör söns eravgekumme, su stramm mahten die Junge Paradeschrett. Dä Paradeschrett, dat wor däm Haupmann Pitterche sing Spezialität, dä hatt hä nämlich ens met singem Vatter am Kaiserschgebohtsdag om Nümaat gesinn, un dä hatt im vun all dä Fisematentcher am beste gefalle.

En der Zick, dat de Junge Kammis spillte, soß et Annche met singe boore Fründinne vör 'ner ahl, große Kummod, die met ehrem gewaldige Ömfang genau zo däm Kleiderschaaf paßte. Die veer Kummodeschublade wore peckevoll Sächelcher, Dose un Döscher, met un ohne Enhalt, Helligebildcher un Photographie, Schleifcher un Schlöppcher un Bengelcher us der Groß ehrer Jugendzick, Schlofmötze un

Häubcher, ahl Strümp, Hemder, Underröck, Gebett- un Leseböcher, Kinderschöncher un Koppdöcher, üvverhaup alles, wat nor en 'ner Läuvekummod ze finge eß. He wor et Annche en singem Element, he kunt et noch vill besser wie en Kölle »Robes un Modes« spille, denn esu en gedöldige Modellpoppe, wie die zwei boore Mädcher, hatt et en Kölle nit. Die leeten alles met sich anfange un heelten de Mul vör Staune un Verwunderung wick op, wann däm Annche dat Müngche ging wie en Kaffeemüll. Et wor zum Scheeße, wann dat Weech wie en eeschte Lademamsell vun der Huhstroß dä Jüffercher de Häubcher vun der Groß obschwätzte un opsatz, inne bahl heh, bahl do e Schlöppche anstoch oder inne nen Underrock als Schleppkleid passend maht. Un keiner wor stolzer wie et Annche, wann et dann, nohdäm se alle drei op et nobelste usstaffeet wore, met enem Fächer us der Groß ehrer Danzstundezick en der Hand, op un av stitzelte, de Underrocksschlepp hin- un herworf un su dä boore Kinder zeige kunnt, wie et de fing Madamme zo Kölle maache. Schleeßlich kunnten die et dann och, un dann ging et Ärm en Ärm üvver de Läuve-Huhstrooß.

Hatte su die zwei Partie, de männliche op der ein un de weibliche op der ander Sick vun der Läuv, genog »getrennt« gespillt, dann kom zum Schluß et »gemisch« Spill an de Reih, dann spillte se dat, wat för kölsche Kinder et schönste eß, wat et op der Welt bahl gitt – Fastelovend! Kostümeet woren de Pute jo ald, de Junge als Zaldate un de Mädcher als Underrocksschleppemadamme. Dann satz et Pitterche bloß de Gewehre widder en et Schaaf un nohm vun der Kummod e klei Driehörgelche, wie de Italiener mänchmol ein hann, wann se en Kölle lans de Dörre gonn. Dat Örgelche wor och noch vum Großvatter, dä ne echte kölsche Jung gewäs wor. Hä hatt sich dat Dinge, wie hä noch jung verheerot wor, us Kölle kumme loße, weil hä kei Klaveer oder e ander Instrument spille kunnt, öm des Sonndags oder bei feßliche Gelägenheite en däm stelle Föschterhus medden em Wald get

Musik zo hann. Dat Örgelche spillte natörlich luter kölsche Fastelovendsleedcher, wie »De kölsche Kirmesse«, »Ohne Mädche geit et nit«, »Et Schmitze Nettche«, »Rude Wing, dä stopp«, »Et Schnüsse-Tring«, »Lorenz, loß dat Kind en Rauh« un wie die ahl Leedcher all heiße mügge. Dat kom dä Quöß op der Läuv jetz zo paß. Wenn dat Örgelche och nit mih neu wor un et im ging wie däm sillige Palm singem Driehkeßche un dann un wann grad bei de schönste Stelle ft-ft-ffft maht, dat dät nix, et Pitterche heelt sich am Driehe, un et Annche un die andere Kinder kome nit us däm Danze, Juhze un Singe. Metunger hoht et Pitterche ens op, nohm der Hot en de Hand un ging en der Gesellschaff rund un säht wie ne richtige kölsche Italiener: »Meino Herrschafto, eino Soldo füro Italiano«. Un dann packten die andere us, wat se grad en der Täsch hatte: Nähl, Botzeknöpp, Greffele, Prumme, Ömmer, Birre, Döpp un worfe se däm Pitterche en singe Offerstock. Et Pitterche dankten dann met ner äch italienische Verbeugung un fing widder an ze drihe, bis et der Groß unger doch schleeßlich ze doll woot, se eropkom un däm Fastelovend Feerovend maht. Jitz moht eesch widder alles an Oot un Stell gesatz un gehange wäde, un dann ging et de Trapp erav zum Ovendesse.

Nohm Esse satz sich dann de Groß noch e Stündche met ehre Enkelcher op de Bank vör de Husdör un verzallt inne vun ahle Zigge, vum Wald un besondesch vum sillige Großvatter, wat dat för ne staatse un gode Mann gewäs wör, wie dä de Kinder esu gän gehatt hätt, un wat dä sich jitz freue wöht, wenn hä noch lävte, dat hä su en brav Enkelcher hätt. Un dann gingke se alle drei en de got Stuvv, wo dem Großvatter sie Bild hung, däten e Vatterunser för in bedde un gingke schlofe.

Wat woren dat schön Dag! Kei Wunder, dat et Pitterche un et Annche bettere Trone kresche, wie der letzte Sonndag kom un ehre Vatter se widder noh Kölle hollte. Ävver ehr weßt et jo selver, wie et einem öm et Hätz eß, wann die schön Ferie am Engk sin un – de Schull widder anfängk; denn et eß noch mänch Pitterche un mänch Annche unger üch, die och esu vill Freud en de Ferie gehatt hann, wenn se och nit grad bei esu 'er god Groß gewäs sin.

WIE DER HELLIGE MANN BEI DER BREUERSCH FRITZ KOM

Et wor »Hellige-Manns-Ovend«! De Breuersch Kinder, der Fritz, et Niesche un et Settche, soßen em wärme Wonnzemmer an däm große, runden Desch un woren ehr Aufgab am maache. Der Fritz wor et älds, ne Stropp vun nüng Johr, met schwatze Äugelcher un Hoore, hä kom op der Vatter. Die Mädcher wore Zwillinge un gleche sich wie ein Ei däm andere, se hatten bloo Auge un blonde Flächte, akerat wie de Mutter.

Die zwei Flahsköpp woren Ostere zesamme en de Schull kumme un molte jetz met ehrem Greffel »Geige« un »Gaul« op ehre Lei. Hück wollten die Mädcher ehr Aufgab och extra schön maache, der hellige Mann kom jo un sooch och geweß noh, ov se schön geschrevven hatte.

Der Fritz hat sien Diarium vör sich lige; hä hatt ald secher en zwanzigmol sing Fedder en et Tintefaaß gezopp, ävver zom Schrieve kom hä nit. Singe Fedderhalder sooch an däm eine Engk ald us wie gekäut Sößholz, un doch stund em Diarium immer noch bloß de Üvverschreff vun däm Aufsätzche: Der erste Schnee! Der Fritz woß raggeweg nit, wie hä et anpacke sollt, un hä wor doch sönß nit esu domm. Ävver der hellige Mann sollt jo kumme, un der Fritz hatt kei rein Gewesse. Hä moht, ov hä woll oder nit, an all die Streich denke, die hä noch en de letzte Woche gelivvert hatt, un alle Augenblecks feel im jet Neues en, un dann woht et im grön un gähl vör de Auge, un hä kunnt nit schrieve.

Et wor god, dat de Mutter nit do wor! Die wor met dem Karlche, ehrem Kleinste, nem Botzemännche vun drei Johr, för e Stündche bei de kranke Tant Züff gegange un wollt öm halver Sibbe widder zo Hus sin. Dann sollten de Kinder ehr Aufgab fädig han, dann köm der Vatter vun der Arbeit, un dann möht gegesse wäde, un dann – dann köm der hellige

Mann, hatt de Mutter gesaht. Hä dät nit mih de Engelcher schecke un Tellere met Leckersch unger et Kleiderschaaf stelle loße. Jetz wöre de Kinder groß, un do mööch hä ens selver kumme un sinn, ov se och fließig wöre un noch esu brav wie sönß.

Esu brav wie sönß! Der Fritz moht ens hatt kühme, wie hä doran daach, un dann käuten hä widder an singem Fedderhalder, bis dat et schleeßlich dem Niesche opfeel un et meint: »Fritz, schmeck dat esu god, dann gevv mer doch och e Stöck!« »Halt dinge Mungk un leck an dingem Greffel, A-i-Köttel!« säht der Fritz geftig un dät, als wör hä am schrieve, ävver de Fedder kom nit op et Papeer. Nä, nä, hä kunnt keinen Anfang finge, sing Streich lehten im kein Rauh.

Gester ovend noch hatt hä dä Mädcher, die zesamme en einem Bett schleefe, en dud Muus unger de Deck gelaht. Wat woren die Puute verschreck wode! Se hatten sich bahl ömgebraht, wie se dat Deer medden en däm Bett funge, schön op de Bein gesatz, als wör et noch am Levve. Hä, dä Fritz, ävver hatt nevvenan en singem Bett geläge un hatt, su faß hä kunnt, en sie Kesse gebesse, öm nit hatt opzelaache. Ov der hellige Mann dat woß?

Un en der vürrige Woch hatt hä dem Pitterche, der schwatze Katz vun der ahl Juffer Bellche, die bovven op enem Läuvezemmerche wonnte, met ner Kood en Breefche an der Stätz gebunge, worop stund:

De Wienands han nen Has em Pott,
Miau, miau, miau!

Dat Deer hatt sich eesch wahl en dotzendmol öm sich selvs gedrieht, wie nen Dopp, dä geschmeck weed, un wor dann met däm Breefche am Stätz wie rösig de Trappe eropgesprunge un hatt esu lang gemauz, bis die Juffer de Orsaach vun singem Leid endlich erus fung un im dä Zeddel avknöddelte. De Juffer Bellche wor dann met rudverkresche Auge durch et ganze Huus gegange un hatt üvverall dat Breefche gezeig un gefroog, ov keiner wöß, wer ehrem leeve Pitterche wahl dä Schabernack gespillt hätt. Der Fritz ävver hatt sich dönn gemaht, wie hä hoht, dat sie Mutter för der Vatter säht: »Et eß en Schrevv wie vun unsem Stropp.« Ov der hellige Mann dat woß?

Un en de Hervsferie, – der Fritz woß et noch esu god, als wör et gester eesch passeet – do hatt hä gerauch, wat der Herr Lehrer doch esu streng verbodden hatt. Kei Zigarettche; nä, vum Bergs Toni hatt hä gehoht, mer künnt och Reedstock schmore, dä dät ganz famos trecke. Dat der Reedstock en der Schull god trok, dat woß der Fritz us Erfahrung; no wollt hä ens probeere, ov mer e Stöck dervun och als Zigar bruche kunnt, wie der Toni et gemeint hatt, un richtig, et ging! Op ene Meddag hatt hä sich ganz stell met enem Stöck vum ahlen Usklöpper un nem Dösche Strichhölzer an ne gewesse Oot gesatz, wo mer immer allein hingeiht. Do hatt hä sich dann die Reedstocks-Havanna angemaht un getrocke un geblose un gespaut, wat giß de, wat häß de! Eesch ging et ganz staats, ävver et wor noch keine halve Zentimeter vun däm Qualmstengel verduff, do wood dat Trecke immer lantsamer un dat Speie immer flöcker, bis et schleeßlich gar nit mih ophoht, un – – –! Et wor god, dat hä die ganze Prußdemohlzick tireck en de Underwelt schecke kunnt, dat keiner mih jet dervun sooch, sönß hätt hä Bescheid gewoß! Brr! Noch jetz leef et dem Fritz kalt un wärm üvver der Rögge, wann hä doran daach. Des Ovends hatt sie Mutter gesaht: »Ich weiß nit, der Jung süht mer esu schlääch us, dä hät secher Würm, ich well im morge ens jet derför engevve.« Un am anderen Dag moht der Jung, ov hä wollt oder nit, dat bettere Wurmmeddel erunderschlecke! Ov der hellige Mann dat all woß?

Gott nä, wat wöd dat gevve! Un der Aufsatz! De Ohr schlog ald sechs! Et Niesche un et Settche wore längs met ehrer Aufgab fädig. Se woren en de Köch gegange un spillte met ehre Poppe. Der Fritz hoht se singe:

Laßt uns froh und munter sein
Und uns heut' im Herrn erfreu'n!
Lustig, lustig, trallerallala,
Heut' ist Niklausabend da!

Do kunnt hä och nit mih andesch, hä moht metsinge. Un wie hä su ens dreimol öm der Desch eröm gehöpp wor, do gingk et och met dem Aufsatz besser. Der Anfang wor do: Als wir heute morgen in der Schule saßen, fing es an zu schneien. – – – Un dann flutschten et, häß de et nit gesinn, dann krіß de et noch zo sinn; grad kom de Mutter mem Karlche an der Dör eren, do säht der Fritz ganz fidel: »Punktum – Streu Sand drum!« Hä wor fädig!

»Fitzche, de heile Mann tütt», säht et Karlche un hovv sie verkaalt Stuppnäsche üvver der Desch, »haß de Aufab?« »Ija«, reef dä großen Broder, hovv dann dä kleine Quant en de Hüh un danzte met im en der Stuvv eröm:

Laßt uns froh und munter sein!

Die zwei Mädcher komen op dat Spektakel och eren un danzten met, un et Karlche klatschte en de Hängcher: »Tallallala, tallallala!«, bis de Mutter, die ganz glöcklich ehre Kinder zogesinn hatt, op eimol säht: »Su, jetz eß et genog, jetz muß ich der Desch zoräächmaache!« –

Wie der Vatter vun der Arbeit kom, stund et Esse parat: Quallmänncher met Herring un Kaffee derzo! Dat wor sönß dem Fritz sing Leibspeis, un hä hatt nie genog dervun krige künne. Ävver hück hatt hä ald met enem Stätzche un veer Ädäppel zo vill; denn der Vatter verzallt üvver dem Esse, dat im der hellige Mann met dem Hansmuff begähnt wör. Der hellige Mann wör ganz wieß, singe Knääch ävver ganz schwatz gewäs, un us dem Sack vun dem Hansmuff hätten e Paar Kinderbein erusgehange. »E Paar ähnze Kinderbein?« frogten do die Zwillinge wie us einem Mung. »Jo!« maht der Vatter, »ich kann nor sage, wat ich gesinn han.« Do blevv däm Fritz dat letzte Stöck Quallmännche em Hals steche, hä fingk an ze würge un ze hoste, un dann laht hä sing Gaffel nevven der Teller. »Beß de ald satt?« frogten de Mutter. »Do häß jo noch garnix gegesse, nemm der noch e Stöckelche Herring!«

Ävver der Fritz winkten »enä« un frogten sie Vatter: »Wie – wie – vill – Kinder – gonn dann wahl – en dä – Sack?« »Hm, hm, zwei oder drei«, meinten der Vatter, »mih weed hä och wahl nit nüdig han metzenemme, dat müssen och ald richtige Nixnotze sin!« »Un wat – wat – deit hä dann met denne?« – »Jo, leeve Jung, dat kann ich deer nit sage, dat kanns do in jo selver froge, wann hä gelich kütt.«

Jetz wood gebedd. De Mutter rümbden der Desch av un drog alles en de Köch, un et Niesche holf ehr spöle. Et Settche satz sich bei et Karlche, dä disen Ovend jet länger opblieven dorf, un zeigten im de Bildcher en singer neu Fibel. Der Fritz ävver wor wie der Wind em Schlofzemmer, hollten dem Vatter der Stivvelsknääch un de Pantuffele, wat hä söns ganz gän sing Schwestercher dunn leht, un braht im sugar de lang Pief un et Päckelche Tubak.

Der Vatter griemelte en der Baht, fing de Zeidung an ze lese un worf dann un wann nen Bleck üvver et Blatt nohm Fritz. Dä hatt sich sing Bibel genomme, wahrscheinlich, weil hä daach, dat der hellige Nikelos dat gähn sööch; ävver Rauh hatt hä kein op singer Plaaz. Bahl stund hä beim Karlche, bahl wor hä en der Köch, un dann sooch hä widder noh der Ohr.

Op eimol hoht mer op der Stroß »Klingeling, Klingeling!« Dat Schelle kom immer nöhter un nöhter. Der Fritz heelt de Auge un der Mungk wigg op; hä lusterte. Jetz gingk unger de Husdör, un dann kom och de Mutter ald mem Niesche erengelaufe: »Der hellige Mann, der hellige Mann kütt!« Rasch nohm se et Karlche op der Ärm un satz sich op et Kanepee, de Zwillinge muschelten sich nevven se, un der Fritz – –. »Wo eß dann der Fritz?« frogten de Mutter un sooch en der Stuvv eröm. Der Vatter wes met der Pief unger der Desch. Op der Trapp ävver gingk et jetz: Bum – bum – bum, Klingeling, – bum! Un dann hoht mer en schwer deefe Stemm lantsam spreche:

Vom hohen Himmel komm' ich her,
Die braven Kinder ich bescher';
Die bösen aber – wie es recht –
Bestraft Hansmuff, mein treuer Knecht!

De Dör flog op, un do stund der hellige Mann en 'em lange wieße Talar, op der Bruß e groß golde Krütz, de Bischoffsmötz om Kopp un der Bischoffsstab en der Hand. Vun singem Geseech sooch mer bahl nix, dat wor alles Baht, un lang, schneiwieße Locke hingen im bis op de Scholdere. Jetz hovv hä de Ärme en de Hüh wie zum Sähne un säht em deefsten Baß: »Salem-aleikum!«

Der Fritz unger dem Desch trok sie Mutter am Kleid un kühmbte: »Och, Mutter, sag im doch, et wör gar kei Zigarettche gewäs, wat ich gerauch han!« Ävver de Mutter hoht nit, die hatt Arbeit, et Karlche stell ze krige, dat anfing ze kriesche. De Zwillinge hatten ald vun selver ehr Hängcher gefalde un woren am bedde.

Der hellige Mann kom nöhter. Hä laht dem Karlche de Hand op der Kopp un säht: »Nicht weinen, kleiner Mann, ich tu' dir nichts, du bist ja brav gewesen. Kannst du auch schön beten?« Dä Klein hoht op ze kriesche, ävver erömdriehe dät hä sich nit, un dann kom et ganz höösch üvver sing Leppe:

Jesutindche tlein,
mache Hätzche rein,
niemand tin wohne
– Jesus allein!

»Das war brav!« loovten der hellige Mann. »Du bist ja ein liebes Karlchen; dafür sollst du auch was Schönes haben.« Un dann nohm hä us ner große Täsch, die hä unger dem Talar drog, e schön hölzer Pädche erus un gov et däm Klein en de Hand. Dä driehte lantsam sie Köppche eröm, un wie hä dat Pädche sooch, do laachten hä mem ganze Geseech, gov dem hellige Mann si Patschhängche un säht: »Dante, liebe heile Mann!«

»Und ihr seid wohl die Zwillinge, die so fleißig in der Schule sind?« säht der hellige Nikelos jetz för et Niesche un et Settche. »Zeigt mir mal eure Aufgabe!« Die zwei gingken op de Ziehe an ehr Schullsaache, die op enem Schränkche loge, un hollten ehr Tafel. »Schön, schön!« brummten et us däm wieße Baht. »Fahrt so fort, dann macht ihr euren Eltern noch viele Freude; ihr sollt auch etwas zur Belohnung haben.« Un der hellige Mann fohlt widder en de Täsch, kräg zwei Pöppcher erus un gov jedem Mädche ein. Die mahten Knickscher, dankten met glöcksillige Geseechter un satzten sich widder stell nevven ehr Mama.

»Wo ist denn der Älteste, der Fritz?« frogte jetz der hellige Mann. »Ävvens wor hä noch en singer Bibel am lese, do litt se noch om Desch«, säht der Vatter Breuer. »Oh, dann muß er doch noch hier im Zimmer stecken. Hansmuff! Komm einmal herein, hier gibt's was für dich zu tun!« – Do gov et an der Dör e Getrampel un e Geschnuvs un e Gebrumms, dat mer hätt meine solle, nen Bär us dem Zolohsche wör laufe gegange, un wat jetz an dem Zemmer erenkom, dat sooch och nit vill andesch us, nor gingk et op zwei Bein. E kolleraveschwatz Fell hing im üvver de Scholdere bis op de Äd, dat woht öm der Buch eröm met 'er decke Kett zesammegehalde, die noch e god Deil hingerdren schleifte. Dat Geseech wor esu schwatz wie vun 'em Neger, un de Auge rollten dodren wie e Paar wieße Ömmere. »Buh – buh, – bu – u – uh!« mahten der Hansmuff un fletschte met de Zäng. Dobei schwenkten hä e Stöck Klockeseil en der räächte

Hand, un met der linke heelt hä ne Sack faß, dä im om Pukkel hing. Dä leht hä jetz falle, un no sooch mer och die Kinderbein erusbommele. »Bu–u–uh, bu–u–uh!« mahten hä widder un stäuvten durch et Zemmer. De Mutter hatt dem Karlche et Schützel üvver der Kopp geschlagen, et Niesche un et Settche woren am schreie un verstoche sich hinger der Mutter ehrem Rögge, un der Fritz? – Dä Sack vum Hansmuff wor grad vör der Desch gefalle, un die Kinderbein woren däm ärme Sünder öm der Kopp eröm gefloge. Met einem Satz wor do dä Poosch unger dem Desch fott un hing singem Vatter am Hals. »Vatter, Vatter!« schreiten hä, »ich han bloß eimol gerauch – ei Stöck Reedstock, kein Zalem aleikum – un ich well och de Katze en Rauh loße, – un kei Müsche mih en et Bett läge, – un alles esse – un alles dunn, wat de Mutter säht, – un – un – nit – nit mih – leege.« – – –

»Bu – u – uh, bu – u – uh«, gringkten der Hansmuff un hovv de Hand met däm Seilche, öm däm Jung einen üvverzetrecke. – Do ävver hoht mer de deefe Stemm vum hellige Nikelos: »Zurück, mein Knecht! Der Junge hat eingestanden und scheint zu bereuen, entferne dich!« Wie der Fritz no der Kopp en besche erömdriehte, do sooch hä, wie der Hansmuff singe Sack oppackte, noch ens sie Seilche schwenkte un an der Dör erushumpelte. Druuße hoht mer in noch en Wiel brummen un met der Kett rassele, un dann wor et stell. – – –

Do hohten och de Mädcher op ze kriesche, et Karlche kom mem Köppche unger dem Schützel erus, un der Fritz, dä noch ärg zidderte vun all der Angs, die hä usgestanden hatt, stallt sich nevven sie Vatter. »Fritz, Fritz!« säht dä höösch för in, »dat hät noch ens god gegange.« Der hellige Mann ävver nohm dä Jung bei der Hand un trok in bis en de Medde vum Zemmer, sooch im ähnz en et Geseech un säht: »So, mein Sohn! Diesmal ist dir die Strafe noch einmal geschenkt worden, weil du deine Fehler bekannt hast, und weil ich sehe, daß du sie bereust. Aber wehe dir, wenn du dein Versprechen nicht hältst und noch einmal lügst! Das war das Schlimmste, was du getan hast.

Vor allem eins, mein Kind: Sei treu und wahr,
Laß nie die Lüge deinen Mund entweih'n!
Von alters her im deutschen Volke war
Der höchste Ruhm, getreu und wahr zu sein.

Willst du dir das Sprüchlein merken, mein Sohn?« »Ija«, kühmbden der Fritz, un sie Geseech, dat ävvens noch ganz blaß wor, wood jetz knallrud.

»Dann versprich es deinen Eltern in die Hand!« Un der Fritz gov singem Vatter un singer Mutter de Hand un säht ganz höösch: »Vatter, Mutter! – Ich well – nie – nie mih – leege!« – – –

»So, nun ist's gut!« säht der hellige Mann. »Und wenn du in diesem Jahre auch kein besonderes Geschenk von mir erhältst, wie deine Geschwister; von dem, was mein Knecht jetzt hereinbringt, darfst du dir auch etwas nehmen.« Un domet kom och der Hansmuff ald eren, ävver jetz ganz maneerlich, ohne Brumme un Spektakel un och ohnen dä Kindersack, un hatt vun der Mutter Breuer dä große Maatkorv gepack, peckevoll Äppel, Nöß, Spekelatius, Printe un Kamelle. En nem Rupp hatt hä dä Korv om Desch ömgestölp, dat de Nöß op de Äd höppte, un wor an der Dör eruus.

Der hellige Mann ävver hovv widder sing Ärme en de Hüh, als dät he de Kinder sähne, un säht:

Nun lebt wohl und bleibet fromm,
Im nächsten Jahr ich wiederkomm'!

Domet driehten hä sich lantsam eröm un gingk am Zemmer eruus, bei jedem Schrett tuppten hä met singem Stab op de Äd. Un dann hoht mer op der Trapp widder »Klingeling, klingeling! – Bum, bum, – bum!« – De Husdör schlog zo – se wore fott! – – –

Dat Kreppche, wat jetz bei dä Breuersch Puute loßging, dat bruch ich üch nit zo beschrieve, dat künnt ehr üch selver usmole. Ävver ein Deil darf ich üch nit verschwige: Der Fritz hät zwor noch mänch Krätzche gelivvert un mäht och jetz, wo hä ald groß un nen düchtige Mann eß, noch gähn löstige Streich, dat litt jo eimol em kölsche Blot, ävver hä hät nie, nie mih – gelooge!

DER HELLIGE MANN

Et wor Ovend — Nikelosovend. De Schulluhr schlog sibbe. Do gingk an der Turnhall de Dör op, un en lang Reih Junge kom erus, große un kleine, su en 60 bis 70 Stöck: Der Knabenhort wor us!

De Junge hatten em Hort widder vill Freud gehatt, dat ho't mer an ehrem Verzäll. Der Lehrer hatt innen us »Jung-Cöln« en Geschichte vörgelesse: »Wie der hellige Mann bei der Breuersch Fritz kom.« Gott nä, wat hatten se üvver däm Fritz sing Krätz gelaach! Un dann hatten e paar Junge verzallt, wie se selvs met dem hellige Nikelos un met dem Hansmuff Bekanntschaff gemaht hatte, un ze goder Letz noch hatten se allzesamme dat Leedche gesunge:

Laßt uns froh und munter sein...

Wie se jitz op der Stroß wore, stemmten einer vun de Kleinste dat Leedche noch ens an, ävver hä kom nit wigg, grad gingk der Lehrer elans, dä maht: S... s... t, un glich ho't dat Kählche en singem Solo op un wor müsgestell. —

Dä kleine Sünder wor et Müllersch Fränzge. Däm nohm der Lehrer dat Singe och wiggeschter nit üvvel, wor hä doch eesch em Oktober en de Schull un en der Hort gekumme!

Kaum ävver wor der Lehrer öm de Eck eröm, do wood et Fränzge widder munter.

»Sag, Hein«, säht hä för sie groß Broder, dä nevven im gingk, »meins do nit, dat der hellige Mann hück och bei uns kütt?«

»Ich gläuven et nit«, meinten der Hein, »dä hät jitz ze vill em Feld bei de Zaldate ze dun, dat jeder vun denne sie Pakettche kritt.«

»Ov hä dann och bei der Vatter geiht?«

»Woröm nit? Der Vatter eß doch immer brav gewäs, dä wehd och jet vun im krige.« — —

»Hein! Ich meine, uns zwei dürf der hellige Mann doch winnigstens ne Teller Leckesch schenke, wann hä och nit selver kumme kann, wie vörig Johr, wo der Vatter noch bei uns wor. Dat wör meer och noch vill leever, weiß do, wägen däm Hans Muff, dä immer bei im eß.«

»Dat gläuven ich deer gähn, dat deer dat leever wör! Wat häß do deer domols zesammegeschreit! Et wor got, dat der Vatter glich drop erenn kom un dich op der Schuß nohm. De Mutter hatt ald Angß, do hätts de Begovung kräge.«

»No jo, do wor ich och noch nit en der Schull, jitz wöhd mer dat nit mih passeere.«

»Süch ens dä A-i-Köttel, wat dä op eimol gebatz eß«, laachten der Hein. »Üvvrigens mööch ich ald leever gahniks krige, wenn nor der Vatter bei uns wör, nor för e paar Dag.«

»Hä hät doch der Mamma geschrevve, hä köm bal op Urlaub.«

»Jo, jo, op Urlaub! Wann nor nit widder jet derzwesche kütt wie dise Summer. Do hatte meer uns ald op et Widdersinn gefraut, un wer nit kom, wor der Vatter, dä moht noh Rußland.«

»Dä domme Kreeg!«

»Och, Fränzge, do versteihß do noch niks vun. Dä Kreeg moht sin, un der Vatter moht met, do eß niks dran ze welle. Ävver op Urlaub künnt der Vatter noh aach Mond doch ens kumme. Komm, mer welle en Amelang en Maria-Hilf erengonn, do eß jitz Kreegsandaach!« —

Die zwei gingken en de Kirch un kräge noch grad der Säge met. Dann dötzten se op heim an. —

»Weiß do och, wat ich gebät han?« frogten et Fränzge der Hein, wie se en ehrem Hus de Trapp eropginge.

„Ja, wat dann?«

»Der hellige Nikelos mööch doch en Rußland dem Vatter sage, hä sollt disen Ovend ens rasch noh Kölle bei sie Fränzge kumme!«

»Do süht mer, dat do noch kein Geographie häß, Fränzge! Weiß do och, wie wigg Rußland vun heh eß?«

»Na, doch secher nit vil wigger wie de Müllemer Heid?«

Do moht der Hein doch hatt oplaache. »Sag dat nor keinem andere!« säht hä för sie Bröderche un maht de Dör op.

En der Stuvv wor et düster. Et Fränzge dröckte sich faß an sie Broder.

»Beß do bang?« frogten der Hein.

»Enä...!«

Ävver dat »Enä« kom esu zidderig un leis erus, dat der Hein, dä sie Bröderche ärg gähn hatt, flöck Leech maht.

*

Ze allereesch lahte jitz die Junge ehr Schullsaache fott en e Schränkche; de Mutter heelt op Ohdenung. Dat sohch mer och däm Zemmer an, ovschüns et Wonnzemmer un Köch zoglich wor. Alles wor bletzeblank, alles op der richtige Plaaz. Dat leet sich de Frau Müllesch och nit nemme, trotzdäm se der ganzen Dag us nihe ging: en ehrer Hushaldung dorf och nit et Tüppelche om »i« fähle. Doför wor se och morgens en aller Fröh en der Wehr un putzten un schrubbte, un eh de Junge noh der Schull gingke, wor alles proper un fing, un et Meddagesse stund för die zwei fähdig en der Kochkeß. Se kom jo des Meddags nit noh Hus, do moht dann der Hein för sich un et Fränzge der Desch serveere, un dat verstund dä us dem »f« wie e Mädche, villeich noch besser.

Su maht hä och jitz eesch e Förche em Hähd an, stallt vör de Ähdäppel — die hatt hä ald des Meddags geschellt — un hinger et Kaffeewasser op un maht der Desch zeräch. An jede Sick satz hä 'ne Teller un en Taß op der Desch; dernevve laht hä Metz un Gaffel. En der Medde nevven de Lamp kom et Brutkörvge un de Botterstölp. Dann stallt hä an drei Sigge vum Desch ne Stohl, an de vehte ävver ne Sessel un metzen drop — dem Vatter sie Bild. Su wollt et de Mutter han, zickdäm der Vatter em Kreeg wor. Hä sollt beim Esse immer bei innen am Desch setze.

En der Zick, dat der Hein Köchemädche spillte, soß et Fränzge nevven dem Hähd un probeeten op singer Mungkharmonika et Nikelosleedche. Grad säht hä för sie Broder: »Jitz kann ich et, paß ens op!« Do kom de Mutter erenn.

Et eesch, wat se däht, se gov dem Fränzge 'ne kräftigen Butz, dem Hein ävver zwei, weil hä sing Saach widder su got gemaht hatt. Dann gingk se an der Sessel, nickten däm Bild zo un säht stell: »'n Ovend, Joseph!« Un wie se dat gesaht hatt, strech se sich met der Hand üvver de Auge un maht sich rasch en et Schlofzemmer. — —

Glich drop wood gegesse. Dobei gingk et ganz stell un räuhig zo, wie de Kinder et vun jeher gewennt wore. Der Vatter hatt et nit gähn, wann de Junge beim Esse bubbelte. Mer sohch et zwor dem Fränzgen an, dat et im ze langk wood, bis hä der Mutter alles verzälle kunnt. E paarmol satz hä och an, ävver dann wes de Mutter op der Sessel, un dä Klein wor stell.

Endlich wor et gedonn, un jitz gingk dem Fränzge der Mungk wie en Kaffeemüll. Der Hein kom gar nit zo Wood. Hä verzallt der Mutter, die der Desch avrühmte, wat se hück widder en der Schull geleht hätte. Hä künnt jitz ald schrieve, wat de Katze sähte: Miau! Dann kom der Breuesch Fritz op et Tapet. De Mutter kräg de ganze Geschichte ze höre, un et

Nikelosleedche, un dat se en der Kirch gewäs wöre.

Nor wat hä do gebät hatt, dat säht hä nit, dat verzallt ävver der Hein, un do — do revv sich de Mutter met dem Schützel e paarmol de Auge, un der Hein frogte se: »Wat eß deer, Mutter?«

»Och niks, de Auge dun mer jet wih vum Nihe!«

Ävver der Hein merkte, wat loß wor, stallt sich stell nevve sie Mutter un strech ehr leis de Hand.

*

Üvver däm Verzälle wor et nüng Ohr gewohde, un de Mutter säht: »Jitz eß et Zick, dat ehr en et Bett kutt, morgen häß do Kirch, Hein!«

»Sag, Mamma, wat meins do, solle mer nit 'ne Teller opsetze?« schmeichelte jitz rasch et Fränzge un duckelte sich an sie Mutter.

»Probeet et ens, ehr wort jo brav, villeich scheck üch der hellige Mann jet, dann selvs kütt hä doch nit mih, doför eß et ald ze spät.«

En 'nem Rüppche stunten op dem Desch zwei deefe Zuppetellere. —

De Mutter drihten der Schlössel en der Wonnzemmerdör öm un gingk met dä Junge en et Schlofzemmer. Do stund op der Kummod e schön groß Kruzefix vum Großvatter sillig. Die drei kneenten sich — de Mutter en der Medde — vör dem Herrgott nidder un fingken aan, der Rusekranz för der Vatter ze bedde, wie se dat jeden Ovend däte.

Op eimol, medden em Bedde, packten et Fränzge de Mutter am Ärm: »Mamma, Mamma, beß ens stell, do kütt einer de Trapp erop!« Un richtig, wie se jitz alle drei lusterte, ho'ten se op der Trapp 'ne schwere, schwere Trett: Tap... tap... tap... gingk et, immer nöhter un nöhter, un jitz — do — jitz dröckten einer op de Dörklink. —

»Wer mag dat sin, esu spät?« säht de Mutter.

»Secher der hellige Mann!« lispelten et Fränzge un trok sich flöck der Mutter ehr Schützel üvver der Kopp.

De Mutter wollt opstonn un an de Dör gonn, ävver et Fränzge heelt se en singer Angß esu faß, dat se nit opkom.

»Gangk do ens sinn, wer do eß!« säht se zom Hein.

Däm wor et och nit einerlei, doch nohm hä sich en Hätz, packte de Lamp un gingk op de Dör an. Eh hä opmaht, frogten hä ävver eesch: »Wer eß do?« Als Antwoot bummsten einer op de Dör, un en deefe Stemm brummte: »Der heilige Nikolaus!« —

Do feel däm Hein bal de Lamp us de Häng.

Die Stemm... die Stemm! — Unger Hundert hädden hä die widdergekannt, wann se och jet verstallt wor.

Die Stemm... nä, et kunnt nit mügelich sin...!

Wie der Bletz gingk im dat durch der Kopp, un höstig un zidderig satz hä de Lamp op der Desch. Et Hätz schlog im bis an der Hals — 'ne Sprung un hä wor an der Dör.

Ritsch... ratsch... gingk der Schlössel. De Dör flog op, un... »Mutter, Mutter!... der Pappa, der Pappa! Och, do leeve... leeve Pappa!« schreiten un juhzten der Hein un hing 'nem große staatse Zaldat am Hals.

Em Schlofzemmer hot mer 'ne Schrei: »Joseph... Joseph!« un vun der Dör her reef et: »Draudche... Draudche!« —

Un dann kom de Mutter erangefloge met usgebreite Ärme, un hingerdren stolperten et Fränzge üvver ehr Schützel, dat loßgegange wor, un dann... dann hatt der Vatter se alle drei zesamme ömpack un dröckte se an sich, un sing Auge, die däte löchte... su glöcklich un sillig wie nor rächte, rächte Vatterauge löchte künne.

*

Stell... ganz stell woht et en der Stuvv... ganz stell... wie en 'ner Kirch: Der hellige Mann wor do!

BEIHAU

VERSTREUTE GEDICHTE

Mir sind vier kölsche Verstexte bekannt, die Peter Berchem nicht in seine Ausgabe letzter Hand übernommen hat: zwei Vierzeiler, »De kölsche Sproch« und »Drinksproch«, die in der ersten Auflage seiner Gedichte 1916 gedruckt worden waren, und zwei Gedichte, die in den Jahrgängen 1918 und 1921 des von Josef Bayer herausgegebenen »Alt-Köln-Kalenders« veröffentlicht sind. In dem einen, »Ne Kregswunsch«, ist der Wunsch ausgedrückt, im Zuge des Abbaus von Standesgrenzen, der sich während der Kriegsjahre vollzog, möchten auch die Reservierungsschilder in den Kirchenbänken verschwinden; das andere, »En der Böcherei«, bietet ein heiter-ironisches Bild einer jungen Möchtegern-Dame, die in strahlender Halbbildung den Verleger Ullstein für einen Autor hält.

DE KÖLSCHE SPROCH

Mer höt esu off, de kölsche Sproch
Wööt nit genog geeht –
Ehr Kölsche, lest un – sprecht se doch,
Dann weed se och hufeet!

DRINKSPROCH

Der kölschen Dom, der Fasteleer,
Et kölsche Wasser un Kölsch Beer,
Et kölsche Hätz, der kölsche Klaaf,
Der Kölschen Boor – Alaaf! Alaaf!

NE KREGSWUNSCH

Vör unsem Herrgott si 'mer glich,
Mer sin jo all sing Kinder,
Un nennt de Welt uns groß un rich,
Mer blieven doch ärm Sünder.

Dat eß en uralt, chreßlich Woot,
Gitt mallich Trus em Levve;
Ich söhch et gän an helligem Oot
Op alle Bänk geschrevve.

Un köm och keiner mih eren,
Dä *reserveet* muß bedde,
Et wör nohm Huushär singem Senn,
Dä för uns all geledde. – –

Su mänches eß en disem Kreg
Ganz andesch – besser wode:
E beßche Lieb, e beßche Leech,
Dann weed dat och gerode!

EN DER BÖCHEREI

Am Schalder vun der Böcherei
Stund we gepellt fresch us dem Ei
E Dämche en de Backfeschjohre.
Un weil do grad Studentcher wore,
Su ging dat Köppchen hin un her
Un feel de Uuswahl »furchtbar« schwer.
Dat Fräulein benne wollt im rode –
Et wor däm ald jet lang gewode –
Un nannt im dit un prees im dat,
Wat för su'n Backfesch log parat.
Doch »Selvs der Mann!« daach wahl dat Dämche

Un worf sich öntlich en et Rähmche
Un lespelte su koot wie köhn:
»Von Ullstein eins, der schreibt so schön!«

Von Berchems hochdeutschen Gedichten, nach denen ich nicht eigens gesucht habe, sind mir derzeit nur drei bekannt: die hochdeutsche Vorform des späteren kölschen »Et wor ens...« mit der Überschrift »Es war einmal...«, dann ein »Deutsches Lied«, zu dessen Gunsten sich sagen läßt, daß man zu den alljährlichen Kaiserfeiern, die vor allem in den Schulen begangen wurden, solcher Texte bedurfte, und ein offenbar aus ehrlicher Betroffenheit gesprochenes »Friedensgebet«. Eine konsequente Durchsicht der damaligen Kölner Zeitungen würde wohl weitere hochdeutsche Gedichte Berchems wieder zum Vorschein bringen, darunter das im Nachruf (S. 251) erwähnte »Ich weiß euch eine alte Stadt«.

ES WAR EINMAL...

»Lieb Mütterchen, erzähle
– Ich bitte dich recht schön –
Ein Märchen, ja? ein Märchen
Von Zwergen, Riesen, Feen,
Vom Däumling, vom Schneewittchen,
Vom Aschenbrödel klein,
Vom Hänsel und vom Gretel,
Vom tapfern Schneiderlein!«

Klein Trude rückt den Sessel
Und setzt das Bänkchen vor. –
»Es war einmal« tönt's leise,
Klein Trude spitzt das Ohr;
Die blauen Äuglein glänzen,

Die runden Wangen glüh'n:
Die Bremer Musikanten
Zum Räuberhause zieh'n!

Nun steh'n sie vor dem Fenster,
Nun stürzt es klirrend ein,
Nun sitzen sie, die viere,
Beim Braten und beim Wein. –
Klein Trude lacht gar herzlich
Die dummen Räuber aus,
Wie sie voll Schrecken laufen
Aus ihrem eignen Haus.

»Und wenn sie nicht gestorben«,
Schließt Mütterchen gescheit,
»Die Bremer Musikanten,
Sie lebten wohl noch heut'.«
»Und wer's zuletzt erzählet«,
Klein Trude schlingt den Arm
Ums Mütterchen und küßt es –
»Dem ist der Mund noch warm!«

DEUTSCHES LIED

Ich weiß ein Land, von Gott bedacht
Mit Wundern allerwegen,
Auf Fluß und Tal und Höhen lacht
Des Glückes Glanz und Segen:
So schön und reich,
Daß keins ihm gleich,
Strahlt Deutschland mir entgegen!

Ein Volk weiß ich, ein stolz Geschlecht
Und tapfer, treu und bieder,
Es kämpft für Wahrheit, Tugend, Recht,

Liebt Gott und frohe Lieder:
Gesund und stark
In Herz und Mark
Sind meine deutschen Brüder!

Das Land und Volk hat einen Herrn,
Ein guter ist's und weiser,
Sein Name leuchtet wie ein Stern
Im Schmuck der Siegesreiser:
Ein ganzer Mann,
Der beten kann,
Das ist Wilhelm, mein Kaiser!

FRIEDENSGEBET

O Herr! Kriegsjoch
Drückt immer noch
Die Völker. Neue Schlachtenschrecken
Nach neuen, blut'gen Opfern strecken
Die gier'ge Hand.
Im fremden Sand
Ruht Elternstolz und Kinderhoffen
Und viel, viel Glück, vom Blei getroffen.
Aus jedem Haus
Fast quillt heraus
Ein stilles Bächlein heißer Tränen.
Ein Strom von namenlosem Sehnen,
Ein Meer von Leid
Rauscht durch die Zeit.
Die Wogen hoch und höher schlagen.
Bald kann die Welt sie nicht mehr tragen,
Die große Not:
Hilf, Herregott! – – –

Am 1. Februar 1917 hielt vor dem (Heimat-)Verein Alt-Köln Wilhelm Räderscheidt einen kölschen Vortrag über Peter Berchem, seinen Freund aus gemeinsamer Schulzeit und seinen Berufskollegen im Lehrerstand, mit dem er sich im gemeinsamen pädagogischen und dichterischen Einsatz »för uns kölsche Sproch« besonders verbunden fühlte. Der Text dieses Vortrages wurde (gekürzt um die in ihm rezitierten Gedichte aus der kurz vorher erschienenen ersten Ausgabe von »Gespingks un spintiseet«) veröffentlicht in »Alt-Köln« 1917 S. 8–10. Hier wird er als »Würdigung eines Freundes« wiederabgedruckt.

Würdigung eines Freundes

Dä Mann, vun däm ich Üch hück jet verzälle well, eß em Verein »Alt-Köln« keinen Unbekannte. Mer han in off gesinn met singem groomeleeten Baat un schniewieße Hoor, met däm Patriarche- ov Prophetekopp, wie in sich ne Möler ov Bildhäuer als Modell nit schöner wünsche künnt. Mer han in off gehoot, wann hä en singer einfache, schleechte Wies, wie et och sin muß, sing schön Gedeechte vördrog. Wie leis klung sing Stemm bei dä zaate Stelle, die mer eintlich nor hauche darf, wie die golde un rude Helligebildcher en de Gebettböcher vun de Kinder, die sich beim leisen Odem ald krömme un wäge! Mer hoote sing Stemm zo mächtiger Kraff sich erhevve, wann jet kräftig un ähnz gesaht wäde moot. Un immer wood hä bes en et letzte Höttche vum Saal verstande; dann alles wor müschestell, weil sing Saache de Hätzer schlage leete.

All, die »Jung-Cöln« un »Alt-Köln« lese, kennen in och; wie off han die Blädder sing Gedeechte un Verzällcher gebraht! Wie schön hät hä uns beschrevve »Wie et Pitterche un et Annche en de Ferie bei der Groß wore«, wiggeschter »Wie der hellige Mann bei der Breuersch Fritz kom« un noch esu e »Hellige-Mann-Verzällche«. Wie löstig wor sie

Gedeech: »E Möschebegräbnis!« Wie ech kölsch dat »Zintjansovend«, un wie dröcklich »Am letzte Schulldag« un »Wann de Chreßdagsglocke klinge«. Och hochdeutsche Gedeechte hät »Jung-Cöln« vun im gebraht: »Deutsches Lied« un »Mein Kamerad«. Un de Dageszeidunge vun Kölle, der Stadtanzeiger un Lokalanzeiger, un illustreete Blädder wie »Die Alte und Neue Welt« han och off Prove vun singer hochdeutsche un kölsche Deechkunß ehre Leser vörgesatz.

Weil et ävver no su selden eß, dat am kölschen Deechterhimmel ne richtige Stän opgeiht, wogägen ärg off allerhand Irrleechter sich patzig vör uns maache un uns met ehrem geborgte Leech bedrege welle, als wören se ähnze Himmelsstäne, un weil et su vill angenähmer eß, vun nem wirkliche Deechter jet Godes zo sage un in zom Wiggerschrieve opzomuntere, un su unangenähm, dä vermeintliche Deechtere met der Wohrheit zo kumme un inne zo sage: »Schuster, bliev bei Dingem Leiste!« – su wollt ich hück minge Fründe vun »Alt-Köln« vum Peter Berchem jet verzälle, wat inne hoffentlich gefalle weed.

Der Berchems Peter eß om große Kregmaat am 23. März 1866 gebore, alsu ne rächte kölsche Jung, un späder hatt sie Mutter en der Schnurgaß en nem kleine, kleine Hüsche, wat längs nit mih steiht, ne Gemöslade. Der Ohm Will, dä domols noch ne Köttelsjung wor un mem Peter en de Schull gingk, kom bei däm sing Mutter immer et Schlot un de Kühl holle. De Mutter vum Peter wor en rundliche, wiselige Frau met gesund rut Backe, e paar helle Auge un krus Hoore, die en der schön getrocke Scheit nie halde wollte un en klein Kröllcher öm Steen un Ohre spillte. Se wor en Weßfälsche un kunnt esu schön »Skinken« sage, dat mer kölsche Lotterbove uns' Freud dran hatte. Immer hatt se jet för mich extra parat, ne schönen Appel ov en Bier, e paar Kuschteie oder söns jet Gots, wat se meer stell en de Füüßcher daut. Mänchmol dorf ich och bei der Peter spille kumme, un dann däte mer em Stüvvche nevve dem Lädche om Ovve Kuschteie brode ov Äppel backe; dat wor dann immer ne Feßdag för mich. Su han mer zwei kölsche Junge, der Peter un der Will, uns alsu vun klein op gekannt un gän gehatt, sin beim ahle Rektor Köllen – Gott trüs in en der Iwigkeit! – op der Eck vum Martinsfeld en de Schull gegange, sin allebeids Lehrer wode un han zosamme em Kursus un em Bröhlsche Seminar studeet; der Peter wor immer ne ärg fließige, brave un stelle Jung un der Ohm en beßche winniger fließig, brav un stell. Ävver Fründschaff ha'mer immer gehalde, och als mer Lehrer wodte, hä zoeesch en Bayendal, der Ohm en Raderdal. Un Rümcher un Leedcher ha'mer och allebeids fröh gemaht, der Will e beßche mih, der Peter jet winniger, bes hä et endlich bal vergesse hatt. Do han ich meer in dann eines Dags bei de Niere kräge un gesaht: »Leeve Peter, Do kanns jet schrieve un Do solls meer jet schrieve för Jung-Cöln!« – un do hät hä meer dann dat eeschte Verzällche vum Pitterche un Annche (su heisch sing leev Frau) gebraht. Dorüvver eß im dann widder de Freud am Deechte kumme, un hä eß ne richtige Deechter wode, ne kölschen Deechter, an däm mer sing Freud han muß; dann hä kann noch richtig got Kölsch un hä denk un föhlt och richtig Kölsch.

Letzte Chreßdag hät hä meer en besonder Freud gemaht. Hä hät sing Gedeechte en nem nette Böchelche zosamme dröcke lohße un meer ei dervun unger der Cheßbaum gelaht, e leev klein Boch, hellgroobloo vun Färv, un rutbrung steiht drop en schnörkelige Buchstabe:

PETER BERCHEM
GESPINGKS UN SPINTISEET!

Un ennewendig drenn steiht noch dä schöne Sproch:

Mer höt su off, de kölsche Sproch
Wööd nit genog geeht –
Ehr Kölsche, lest un – sprecht se doch,
Dann weed se och hufeet!

Dat eß ne gelungene Titel, weed mäncher sage, dä die Opschreff lis, un wann et ne Fremden eß, dann weed hä üvverhaup nit wesse, wat et bedück, un et vielleich för Ungarisch ov Kroatisch halde. Wie eß et ävver met Üch? Weßt Ehr, wat et sage well? – Wann nit, dann kickt ens en Hönigs Wörterboch noh, do künnt Ehr et finge: Spingse = äuge, genau zusehen, scharf beobachten, un Spintiseere (lat. pensitere) = ausklügeln, auskundschaften, grübeln. Jitz weßt Ehr alsu Bescheid: Der Berchems Peter hät singe Auge de Koß gegevve, sich links un rächs ömgekick, nit üvver de Saache, nä, en de Saache gelo't met singe scharfe klog Auge, un dann hät hä dat all en sich verarbeit, drüvver nohgegribbelt, gedriht un prakeseet, bes dann op eimol e Gedeech drus wode wor.

Der Berchems Peter eß nämlich ne stelle Minsch, läv singer Familje un singer Schull un geiht nit vill en Weetshüser un Gesellschafte. Lest bloß dorüvver en singem Boch op Sick 134 dat Gedeech: »Der stelle Wäg«. Hä eß zofridde, wann hä sie »Piefche« schmore kann, un dat hilf im fließig deechte (S. 138). Sie »Stüvvche« weed dann zom große Rittersaal, wie Ehr op Sick 140 lese künnt.

Unsen Deechter eß och ne rächte Kölsche met kölschem Hätz un kölscher Sproch, un wie hä an singem Kölle hängk, dat verzällt uns och sie Boch en dä Gedeechte: »Alt-Kölle« (S. 11), »Zintjansovend« (S. 13), »Fastelovend« (S. 15), »Der kölsche Zappes« (S. 17), »Rödsel« (S. 20) un »Ne gode Rot« (S. 19).

Als Kölsche hät hä och Humor, dat heisch, die Goddesgav, an de Dinger un de Minsche zo merke, wie se sin welle un sollte un wie se doch ganz andersch sin – un dorüvver hätzlich zo laache un sing Rümcher drüvver zo deechte, ohne dat se einem wih dun. Dat zeig Üch dat Gedeech »Klatschruse« (S. 41); wiest et ens Öhrer Frau ov Mutter, un Ehr sollt sin, dat se laach.

Mehschtens ävver sin unsem Berchem sing Gedeechte ähnz; hä eß, wie mer säht, »ne Philosoph, däm et Levve vill zo denke gitt«. Die Gedeechte, die hä »Bilder« nennt, zeige dat et beß. Alles, wat im begähnt un geschüch, dat süht hä als vum Himmel gescheck an, de Freud un och et Leid. Un Leid eß im och nit erspaat wode; hä moot singen einzige leeve, brave un gode Son, dä im noch nit der kleinste Kummer, nor Freud gemaht hatt, en de beste Johre lantsam sterve sinn. Mer han dä junge Mann – Hermann heesch hä mem Vörname –, dä och ald ne jungen Deechter wor, och em Verein »Alt-Köln« kenne geleht, als der Vatter dem Son sing allerleevste »Bildcher« vördrog. Ävver dä jungen Deechter wor krank; keinen Dokter kunnt helfe, kein Bedde kunnt in vum Dud bewahre. Dat wor Schecksal, un wie schwer et och dä Vatter getroffe hät, us singe Gedeechte sprich nevve däm große Schmätz et stelle Sichergevve en der Welle Goddes. »Mingem Einzigen en der Iwigkeit zom Aandenke!« heisch dann och die Widmung en singem Boch, un singem Unvergeßliche sin mänche vun de schönste Gedeechte gewidmet.

Üvverhaup de Familje, die geiht im üvver alles. Gedenkblädder för sie Vatter un Mutter sin de Gedeechte: »Mingem Vatter sie Bild« (S. 141) un »Et Vügelche singk« (S. 143).

Wie hä üvver Fründschaff denk, sagen uns de Gedeechte: »Ne gode Rot« (S. 19), »Fründschaff« (S. 118), »Et grötste Leid« (S. 126) un »Weiß Do en Hätz« (S. 125). Wer su de Fründschaff opfaß, dä muß och als Lehrer der rächte Kinderfründ sin, un et sin nit sing schlächste Gedeechte, die vun der Jugendzick (S. 45–55) handele.

Vun singem fromme, gläubige Hätze, vun singer schön Aat, de Religion su räch ennerlich mem Gemöt zo erlevve, krige mer ne Begreff, wann mer unger dä Üvverschrefte lese: Vör der Fröhmeß, Noh der Andaach, Em Kapellche, Am Wägkrütz, Glöckliche Dude, Maiaandaach, Osterklocke, Wieße Sonndag, Allersieletrus, Chreßdag un vör allem Et Bedde!

Su süht hä dann och de Welt met ander Augen an, we de mihtste Minschen et dun, die vun ehr nor Loß un Freud erwade; hä weiß, dat alles vergänglich eß, dat beßche Freud nor der Sonnestrohl eß, noh däm jeder spingks, an däm mer sich och wärme kann, ävver nor för en koote Zick. En de Minschehätze wont doröm och en große Sehnsuch, die op Äde nit gestellt weed un ehr Erföllung eesch en der ander besser Welt finge kann. Su muß mer der Deechter verston en singe prächtige Bildcher: De Sonn eß widder do!, Blädder, Finstere, Wolke, Nevvel, Welle, Et Glöck un Der Fridde.

Weil hä en däm Senn och dä schwere Kreg met all singem Älend metföhlt un versteiht, hät hä uns em Kreg och en Reih vun Gedeechte gemaht, die vun dä sönstige Kregsdichtunge ärg verschiede sin un dröm grad wäät, gelese zo wäde. En »En der Zaldatemeß« (S. 77) beschriev hä dä Sonndagsgoddesdeens vun unse Feldgraue en singer Faarkirch Zint Paul, un de Paulskirch hät im och der Stoff för ein vun singe beste Gedeechte gegevve: »Offerkääze« (S. 79).

Noch besondersch zo lovven eß och, dat unsen Deechter för sing Gedanke en richtige Kunßform fingk. Hä schriev kein Leeder ohne Reim, mäht kein lang, ellelang un dohinger ganz koote Vääschte, wie et die modern Häre maache, wann et inne grad paß. Immer nett bei der Reih bliev hä, wie dat uns' got ahl Deechter immer däte. Der Rhythmus eß klor, der Reim faß immer rein un mänchmol fingk hä gar en nette neu Stropheform, wie beim »Aprel« (S. 107).

Su weed Üch die Sammlung noch vill schön Gedanke en der beste Form zeige, nit zo vergessen och dä letzten Deil »Spien«, wo allerhand koote Rümcher zosammegestallt sin. Et eß kein Alldagslyrik, där mer bei im begähnt, kein, wo vun luuter Freud un heißer Leidenschaff met allerhand Klingklang un unverstande Wööt einem der Kopp jeckgemaht weed un et Hätz womügelich verdorve. Nä, sing Leeder fleeßen us ner stell Quell, us där mer immer widder gän drink un vun där et Wasser uns lab un erquick, weil et rein un unverdorven eß. Im selvs en singem Ädeleid ävver riet der Ohm Will, räch off zo lese, wat hä selvs geschrevven unger dä Üvverschrefte: Et Schecksal, Welle, Hervsgedanke em Kreg.

Wer ävver vun Üch e paar Stündcher an nem goden Boch vun nem ächte Kölsche sich vun Hätze freue un erholle well, dä gangk hin un kauf sich dat Böchelche: »Gespingks un spintiseet!«

Nach dem Tod von Peter Berchem am 30. Dezember 1922 und seiner Beerdigung auf dem Südfriedhof veröffentlichte die damals in Köln erscheinende »Rheinische Volkswacht« unter der Überschrift »Johann Peter Berchem †« den folgenden Nachruf eines unbekannten, aber offenbar gut informierten Verfassers:

Nachruf in der »Rheinischen Volkswacht«

Auf dem Südfriedhofe wurde am Mittwoch der am vorletzten Tage des alten Jahres nach langem Leiden verschiedene Volksschullehrer Peter Berchem zur letzten Ruhe bestattet. Trotz der Ferien und des unfreundlichen Wetters am Vormittage haben viele Lehrer und Lehrerinnen, ehemalige Schüler und Freunde an den Exequien und der Beerdigung teilgenommen. Das ist ein Zeichen der großen Liebe und Achtung, die sich der Verstorbene erworben hat. Über 30 Jahre wirkte er als echter katholischer Lehrer und Erzieher an den Volksschulen Bayenthal, St. Severin und Loreleystraße. Durch seine ehrwürdige Erscheinung mit dem glänzend weißen Haar und Barte war er im Süden der Stadt eine wohl bekannte Persönlichkeit. Im Geiste christlicher Nächstenliebe widmete er sich viele Jahre der Armen- und Waisenpflege; als Vinzenzbruder ist er vielen Armen im Süden der Stadt bekannt geworden. Geschätzt und beliebt war er als Präfekt der neu gegründeten Männer-Kongregation

St. Paul. Den Mitgliedern derselben bleibt er immer im Gedächtnis als Vorsänger der Lauretanischen Litanei, die er im besten Mannesalter mit seiner herrlichen Stimme gelegentlich einer Wallfahrt in Kevelaer zum Lobe der Gottesmutter anstimmte. Ein an der Wallfahrt teilnehmender Priester bezeichnete diese als das schönste Erlebnis in seinem Priesterleben. Mit ganzem Herzen hing er an seiner Vaterstadt und seiner Muttersprache; mit großer Begeisterung sangen seine Schüler die von ihm gedichteten und zum Teil selbst vertonten Lieder: Ich weiß euch eine alte Stadt oder: Mer wandere. Welcher Kölner kennt nicht die Gedichte in seinem »Gespingks un spintiseet«? An seinem Todestage erschien die Sammlung in zweiter Auflage und ein neuer Band. »Das Mösche-Begräbnis« ist Gemeingut der Jugend geworden und wurde auf vielen Schulfeiern mit großer Begeisterung vorgetragen. Wer das goldene Gemüt und den köstlichen Humor des Verstorbenen kennen lernen will, greife nach seinem Büchlein. »Mie Stüvvge« und »Mie Piefge« sind echte Perlen reiner Lyrik. Einer der bedeutendsten Schriftsteller in kölnischer Mundart bezeichnete Peter Berchem als den größten, ja als den einzigen Lyriker in seiner Muttersprache. Nun ist er von uns geschieden, seine Leier ist verstummt; aber in den Herzen seiner Schüler und der Freunde heimischer mundartlicher Dichtung wird er noch lange fortleben.

Auch die Zeitschrift »Jung-Köln«, in der viele kölsche Texte Peter Berchems zum ersten Male veröffentlicht worden waren, brachte einen Nachruf auf ihn, sicherlich aus der Feder seines Freundes Wilhelm Räderscheidt:

Nachruf in Jung-Köln

Am 31. Dezember 1922 eß unse vatterstädtischen Deechter Peter Berchem, Lęhrer an der Loreleyschull, nǫh langer Krankheit, die hä met großer Gedold gedragen hät, gestorve. Hä eß dä Leser vun Jung-Kǫlle keinen Unbekannte, un em Jǫhrgang 1915–16 hät der Ohm Will 'ne langen Artikel üvver in gebraht un sing Verdeenste öm de kǫlsche Deechkunß en et richtige Leech gesatz. Sick där Zigg hät dä Deechter uns nǫch mänch schön Gedeech geschęnk, un unsen Altmeister Profęssor Schneider-Clauß kunnt met Rääch en singem hätzlichen Beileidsschrieve sage, dat met Berchem der »größte kǫlsche Lyriker« dǫhingegange wǫr, wie'er keine vör im wǫr un vielleech och keine nǫh im kumme wehd.

Grad sollt de zweite Oplag vun singem »Gespingks un spintiseet« em Rheinlandverlag eruskumme un e zweit Bändche Gedeechte folge, dǫ hät der Dud minge leeve, leeve Fründ avgerofe. Węr in gekannt hät, wehd in nie vergęsse, un su lang mer Kǫlsch dęnk un deech, wehd der Name Berchem en huh Ehre gehalde wähde. Trüß Gǫdd in en der Iewigkeit!

Am 6. Januar 1948 widmete der Heimatverein Alt-Köln Peter Berchem anläßlich seines fünfundzwanzigsten Todestages einen Gedenkabend. Die Gedenkrede hielt der Journalist Dr. Heinz Stephan. Sie wurde veröffentlicht in der »Kölnischen Rundschau« in der Januar-Nummer der von Peter Joseph Hasenberg herausgegebenen Beilage »Alt Köln. Heimatblätter für die Stadt Köln«:

Gedenkrede nach fünfundzwanzig Jahren

Wenn die Freunde des rheinischen Volkstums und der kölnischen Mundart in besonderer Weise Peter Berchems gedenken, so ist das ein Zeichen, daß sein Name unvergessen ist. Es ist Ausdruck eines Gefühls innerer Verbundenheit, Kundgebung eines Dankes, den der Dichter, der so vielen wahre Freude und echten Trost geschenkt hat, wohl verdient. Es ist Zeugnis des lebendigen Bewußtseins, daß die dichterische Persönlichkeit Berchems in der Reihe der Kölner Mundartdichter eine Ausnahmestellung einnimmt.

Neben dem Nestor der Kölner Mundartdichtung, dem Epiker und Dramatiker Schneider-Clauß, und neben dem Meister des Kölner Humors, Wilhelm Räderscheidt, trat im ersten Viertel des Jahrhunderts Peter Berchem als *der* Lyriker der kölnischen Mundart höchst bedeutsam hervor. Er hat aus der traditionsbewußten Haltung, die dem Mundartdichter eigen ist, und doch aus einem durchaus modernen Zeitgefühl und Kunstwollen heraus seine Gedichte und Lieder geschrieben, die heute noch genau so stark zu uns sprechen wie zur Zeit ihrer Entstehung.

Mit Räderscheidt verband Berchem eine feste Freundschaft das ganze Leben hindurch. Beide waren sie Lehrer – ihrem Beruf mit Leib und Seele verfallen. Beide waren sie Dichter – der Pflege der angestammten Art und der kölnischen Mundart verschworen.

Berchems Dichtungen sind so ursprünglich, so unverbildet volkhaft, daß ihm manches Lied von echtem Volksliedklang gelang. Er hält sich stofflich immer in dem bescheidenen Bereiche, in den das Leben ihn gestellt hat. Alles, was er schreibt, ist persönliches Erlebnis. Er singt von Glück und Leid, das ihm in seiner Familie beschieden war. Er begleitet mit seinen Versen den Jahreslauf in der Natur und im Wechsel der kirchlichen Festzeiten. Er gestaltet, was ihm auf seinen Gängen durch die Stadt und auf seinen Wanderungen begegnet. Er verleugnet niemals seinen Lehrerberuf; ja man sieht in seinen Dichtungen nicht selten den mahnend erhobenen Zeigefinger, aber das stört bei ihm ebensowenig wie etwa bei Matthias Claudius oder bei Johann Peter Hebel, weil man bei ihnen allen spürt, daß ihre Lehrhaftigkeit aus einer tiefen Lebensweisheit, aus einer ehrlichen Sorge um das Glück ihrer Mitmenschen und aus einer reinen Güte des Herzens kommt. Wie der Titel der Gedichtsammlung Berchems »Gespinks un spintiseet« schon andeutet, ist er ein stiller Beobachter und nachdenklicher Betrachter des Lebens. Er geht schlicht und pflichtbewußt seinen Weg; er schreibt seine Verse aus einer inneren Notwendigkeit heraus. Weil alles, was Berchem dichtet, erlebt, weil alles, wovon er spricht, uns selbst begegnet ist oder begegnet sein könnte, weil uns die Gedanken, die er sich macht, so persönlich ansprechen, darum steht uns dieser Dichter so nah. Er ist sozusagen ein Stück unseres Selbst geworden, weil seine Dichtung ein Stück unseres Lebens ist. Die kölnische Mundart entsprach seinem Wesen, darum wählte er *sie,* und nicht das Hochdeutsche, für seine Dichtung. In dieser Mundart konnte er die einfachen Dinge, die er sagen wollte, in der ihnen entsprechenden Form aussprechen. In ihr konnte er die Menschen ansprechen, um die es ihm ging.

Er beherrscht die kölnische Mundart in all ihren Ausdrucks- und Stimmungsnuancen wie nur ganz wenige Kölner. Das Behaglich-Erzählerische kommt bei ihm ebenso zu seinem Recht wie das Witzig-Schlagfertige. Er vermag eine zarte lyrische Stimmung ebenso gut in den Worten der Mundart einzufangen wie die drastische Situation, wenn Frau Krönzel und Frau Knoll, die »Klatschruse«, sich auf dem Markt treffen. Er findet den Ton eines würdigen Ernstes in seinen der Trauer und der Tröstung gewidmeten Kriegsgedichten, wie er auch anderseits eines urgesunden kölnischen Humors nicht entbehrt. Seine von wertvollster Lebensweisheit erfüllte Gedankensplittersammlung »Spien« ist Seite um Seite ein Beweis meisterlicher Beherrschung und Handhabung der heimischen Mundart.

Berchem war ein Dichter unserer Welt, ein Dichter, der Leben und Menschen mit unseren Augen betrachtet, der unser Denken ausspricht, der unseren Gefühlen Ausdruck verleiht. Als einer der wenigen echten Dichter kölnischer Mundart verdient er unsere Verehrung und Liebe, unsere Treue und Dankbarkeit.

Nachdem im Jahre 1964 die von Klaus Goettert herausgegebene erste Peter-Berchem-Ausgabe des Heimatvereins Alt-Köln erschienen war, meldete sich ein früherer Schüler Berchems mit Erinnerungen an seinen Lehrer zu Wort. Sie wur-

den in der »Kölnischen Rundschau« vom 26. März 1966 als Leserbrief abgedruckt und sollen hier den Schluß von Peter Berchems »Lebensspuren« bilden.

Erinnerungen an den Lehrer Peter Berchem

Als ehemaliger Schüler von Peter Berchem möchte ich Ihnen einiges mitteilen. Ich war in den Jahren 1908–1912 in der Schule Silvanstraße, Ferkulum und später in der Loreleystraße. Unter seiner Leitung haben wir Gedichte und Verse in Kölsch gemacht. Zu seinen Schülern gehörten auch Karl Berbuer und Josef Schmitz, die bekannten Karnevalsdichter und Krätzchensänger.

Es gibt wohl keinen Lehrer, an den ich mich so gern erinnere, wie an Peter Berchem. Er war ein Mann mit schneeweißem Haar, mit goldener Brille. Seine Augen strahlten nur Güte und Ruhe aus, oft ein verborgenes Lächeln, wenn die Jugend einmal zu eifrig war. Es geschah nur selten, daß er einmal den Stock brauchte. Oft hatte er uns seine kleinen Verse und Gedichte vorgetragen.

Vor etwa zwei Jahren habe ich einmal sein Grab auf dem Südfriedhof aufgesucht. Schade, es war nicht besonders gut in Ordnung. Heute bin ich 67 Jahre alt. Nie werde ich ihn vergessen. Seine Gesamtausgabe habe ich immer griffbereit in meinem Zimmer liegen, um mich des öfteren darin zu vertiefen.

ZU DEN TEXTEN DIESES BUCHES

In diesem Kapitel habe ich für alle Gedichte Peter Berchems nach Möglichkeit Angaben zu drei Komplexen zusammengestellt.

Zunächst informiere ich über die früheste mir bekannte Veröffentlichung eines Gedichts, falls eine solche vor den beiden von Berchem selbst besorgten Ausgaben von 1916 und 1923 nachweisbar ist, ferner über die Fundstellen in diesen beiden Ausgaben und schließlich, gegebenenfalls, über Abweichungen im Wortlaut. Damit ist, da handschriftliche Aufzeichnungen des Autors nicht erhalten sind und solange die Auswertung der mehrfach erwähnten Zeitungsveröffentlichungen noch aussteht, die Entstehungszeit der einzelnen Gedichte mit der derzeit möglichen Annäherung festgestellt. Zudem wird ein Blick in Berchems Werkstatt eröffnet. Er zeigt, daß der einmal veröffentlichte Text nur ausnahmsweise noch verändert wird. Wo Textänderungen von der ersten Veröffentlichung bis zu der »Ausgabe letzter Hand« vorkommen, sind ihre Gründe meist gut erkennbar.

Zweitens informiere ich darüber, ob ein Gedicht in die für die Kölner Mundartliteratur wichtigsten Zeitschriften, neben »Jung-Köln« vor allem die des Heimatvereins (die erste Reihe von »Alt-Köln« von 1906 bis 1932, die »Alt-Köln-Kalender« von 1913 bis 1932, »Unser Köln« von 1948 bis 1963 und die neue Reihe von »Alt-Köln« seit 1970) sowie in die kölschen Anthologien (»Kölnisches Vortragsbuch« von Wilhelm Schneider-Clauß 1920 und 1923, »Jet för et Hätz« von Wilhelm Räderscheidt ohne Jahresangabe, vermutlich 1924, »Kölner Lach- und Lesefibel« von Laurenz Kiesgen 1940, »Krune un Flamme« 1954 und, damit weitgehend textgleich, »Kölnisches Glockenspiel« 1954 und 1968, beide von Joseph Klersch und Ernst Mömkes, »Kölsche Deechter un Gedeechte« von Peter Joseph Hasenberg 1971 und »Kölsche

Klassiker« 1978) aufgenommen worden ist. Aus diesen Angaben ergibt sich eine interessante Skizze der Wirkungsgeschichte von Berchems Lyrik. Sie fällt für die einzelnen Gedichte erwartungsgemäß sehr unterschiedlich aus.

Drittens informiere ich darüber, wie sich die vorliegende Ausgabe in Bestand, Anordnung und Text der Gedichte von der ersten Peter-Berchem-Ausgabe des Heimatvereins von 1964 im einzelnen unterscheidet.

Auch zu den »Spien«, den »Verzällcher« und den hier im »Beihau« nachgetragenen »Verstreuten Gedichten« habe ich, wo es sich ergab, Anmerkungen ähnlicher Art gemacht.

Die Zahlen am Rand verweisen auf die Seiten dieses Buches.

11 Kölle
Dieses Kapitel umfaßt bei Berchem in der Ausgabe 1916 sechs, in der Ausgabe 1923 sieben, dagegen in der Ausgabe 1964 durch Umstellungen elf Gedichte.

13 Alaaf Kölle!
Ausgabe 1923 S. 9.
Ausgabe 1964 S. 16 (umgestellt).

14 Ald-Kölle
Ausgabe 1916 S. 11 (Strophe 7 Vers 2 »Feel meer verwelk zo Föße«); Ausgabe 1923 S. 9.
Alt-Köln 1917 S. 1; Jung-Köln 1918 S. 65; Kölnisches Vortragsbuch 1920 S. 53 und 1923 S. 50; Kölner Lach- und Lesefibel 1940 S. 29; Jung-Köln 1949 S. 38; Krune un Flamme 1954 S. 32 (nur die Strophen 1–4); Kölnisches Glockenspiel 1954 S. 30 und 1968 S. 39; Unser Köln 1959 Heft 1 S. 13; Kölsche Deechter un Gedeechte 1971 S. 15; Kölsche Klassiker 1978 S. 14; Alt-Köln 87, 1992, S. 14.
Ausgabe 1964 S. 9.

15 Zint-Janns-Ovend
Ausgabe 1916 S. 13 (hinter der ersten Strophe ein Doppelpunkt; Strophe 3 Vers 6 »un alle Sorge«); Ausgabe 1923 S. 10.
Krune un Flamme 1954 S. 132; Kölnisches Glockenspiel 1954 S. 125 und 1968 S. 315; Kölsche Klassiker 1978 S. 30; Alt-Köln 79, 1990, S. 12.
Ausgabe 1964 S. 10.

17 Fastelovend
Ausgabe 1916 S. 15; Ausgabe 1923 S. 11.
Kölnisches Vortragsbuch 1920 S. 73 und 1923 S. 68; Jung-Köln 1949 S. 63; Jung-Köln 1953 S. 195; Krune un Flamme 1954 S. 189; Kölnisches Glockenspiel 1954 S. 183; Alt-Köln 79, 1990, S. 3.
Ausgabe 1964 S. 67 (im Kapitel »Johreslauf«).

18 Der kölsche Zappes
Ausgabe 1916 S. 17; Ausgabe 1923 S. 12.
Kölnisches Vortragsbuch 1920 S. 43 und 1923 S. 42; Unser Köln 1949 S. 78; Krune un Flamme 1954 S. 215; Kölnisches Glockenspiel 1954 S. 220 und 1968 S. 243; Kölsche Deechter un Gedeechte 1971 S. 16; Alt-Köln 8, 1972, S. 7.
Ausgabe 1964 S. 18.

20 Ne gode Rod
Ausgabe 1916 S. 19 (Strophe 1 Vers 4 »Dann eß dat grad«); Ausgabe 1923 S. 13.
Jung-Köln 1923 S. 30 (Strophe 4 Vers 3 »dat ald gold Spröchwood«).
Ausgabe 1964 S. 23.

21 Rödsel
Alt-Köln 1914 S. 18 (Strophe 1 Vers 4 »Hör' ich vun im jet sage«; Strophe 2 Vers 4 »Un gar nit zo verderve«; Strophe 3 Vers 1 »Weed nor bekannt en neue Stell«); Ausgabe 1916 S. 20; Ausgabe 1923 S. 13.
Ausgabe 1964 S. 17.

23 Ungerwägs
Dieses Kapitel umfaßt bei Berchem in der Ausgabe 1916 elf, in der Ausgabe 1923 vierundzwanzig, dagegen in der Ausgabe 1964 durch Umstellungen nur neunzehn Gedichte.

25 De Heimat
Alt-Köln 1919 S. 49; Ausgabe 1923 S. 17.
Jung-Köln 1923 S. 29.
Ausgabe 1964 S. 27.

26 Em Kapellche
Ausgabe 1916 S. 27; Ausgabe 1923 S. 17.
Kölsche Klassiker 1978 S. 19.
Ausgabe 1964 S. 28.

27 Vör der Fröhmess
Ausgabe 1916 S. 23; Ausgabe 1923 S. 18 (Druckfehler »Vör de Fröhmeß«).
Krune un Flamme 1954 S. 55; Kölnisches Glockenspiel 1954 S. 53 und 1968 S. 63; Kölsche Klassiker 1978 S. 22.
Ausgabe 1964 S. 12 (im Kapitel »Kölle«).

28 Noh der Aandaach
Ausgabe 1916 S. 25; Ausgabe 1923 S. 18.
Ausgabe 1964 S. 13 (im Kapitel »Kölle«).

29 Der blinge Pastor
Jung-Köln 1918 S. 225 (Strophe 1 Vers 2 »Die deit för gewöhnlich ne blinge Pastor«; Strophe 2 Vers 1 »Hä eß noch geröß, ävver süht niks vum Daag«, Vers 2 »Nor he am Altar, do vertrick sich de Naach«; Strophe 3 Vers 1 »Do geiht hä stellsillig an Meßkelch un Boch«, Vers 2 »Un süht singen Herrgodd, dat eß im genog«; Strophe 4 Vers 1 »Hä hilf im wie fröhter noh Golgatha gonn«, Vers 2 »Un leht vun dem Meister et Schecksal verstonn«; Strophe 5 Vers 1 »Su ›lis‹ hä wie jede Kunfrater de Meß«, Vers 2 »Un keiner wahl merk et, wie blingk dat hä eß«); Alt-Köln-Kalender 1920 S. 36

(Text wie 1918, aber Strophe 2 Vers 2 »do vertrick sich die Naach«); Ausgabe 1923 S. 19.
Jet för et Hätz S. 96.
Ausgabe 1964 S. 30.

30 De Toonohr
Jung-Köln 1918 S. 708 (Überschrift »Am Ovend«; Strophe 4 Vers 4 »Leev un Glöck«; Anführungszeichen nur in Strophe 4); Alt-Köln 1919 S. 61 (Überschrift und Text wie 1918, aber ganz ohne Anführungszeichen); Ausgabe 1923 S. 20.
Kölsche Klassiker 1978 S. 44.
Ausgabe 1964 S. 29.

31 Ruseleid
Alt-Köln 1919 S. 60 (Strophe 2 Vers 4 »vill Koddes«); Ausgabe 1923 S. 20.
Ausgabe 1964 S. 32.

32 Verwelk
Ausgabe 1916 S. 28; Ausgabe 1923 S. 21.
Ausgabe 1964 S. 31.

33 Der kranken Baum
Ausgabe 1923 S. 21.
Jung-Köln 1923 S. 32 (Strophe 4 Vers. 3 »in de Silligkeit«).
Ausgabe 1964 S. 33.

34 Am Wägkrütz
Ausgabe 1916 S. 30 (Strophe 4 Vers 1 »Der ein dä gingk zor Stadt eren«; Strophe 7 Vers 3 »als wann hä hoot«); Ausgabe 1923 S. 21.
Kölsche Klassiker 1978 S. 31.
Ausgabe 1964 S. 14 (im Kapitel »Kölle«).

36 Die om Wäg
Ausgabe 1923 S. 22.
Ausgabe 1964 S. 35.

37 Am ale Krütz
Ausgabe 1923 S. 23.
Alt-Köln-Kalender 1925 S. 47.
Ausgabe 1964 S. 34.

38 E stell Pläzge
Ausgabe 1923 S. 23.
Ausgabe 1964 S. 39.

39 Der Dännenbösch
Jung-Köln 1918 S. 738 (Strophe 1 Vers 2 »vun noh un fähn«, Vers 4 »durch de Dänne trick«); Ausgabe 1923 S. 24.
Ausgabe 1964 S. 38.

40 De Lorelei
Ausgabe 1916 S. 32; Ausgabe 1923 S. 24.
Alt-Köln 20, 1975, S. 9.
Ausgabe 1964 S. 37.

41 Glöcklige Dude
Ausgabe 1916 S. 34 (Strophe 2 Vers 2 »Kunnt meer der Schepper sage«, Vers 7 »Wahl keiner kütt do en Vergeß«); Ausgabe 1923 S. 25.
Ausgabe 1964 S. 40.

42 Wo Minsche sin . . .!
Ausgabe 1923 S. 26.
Kölsche Klassiker 1978 S. 33.
Ausgabe 1964 S. 36 (mit ungenauer Überschrift).

43 An der Mosel
Ausgabe 1916 S. 36 (Überschrift »An der Musel«; Strophe 1 Vers 7 »Su hingk et«; Strophe 3 Vers 5 »Ganz huh em Dorf do reef enen Hahn«); Ausgabe 1923 S. 26.
Ausgabe 1964 S. 41.

44 Wanderleed

Jung-Köln 1922 S. 125 (Strophe 3 Vers 5 »unsem«); Ausgabe 1923 S. 27.

Krune un Flamme 1954 S. 129.

Ausgabe 1964 S. 44.

45 Schwalvterleed

Jung-Köln 1917 S. 230 (Überschrift »Schwalvterlevve«; Strophe 2 Vers 5 »Heh am Stall«); Ausgabe 1923 S. 28.

Jet för et Hätz S. 169; Krune un Flamme 1954 S. 112; Kölnisches Glockenspiel 1954 S. 109 und 1968 S. 122; Alt-Köln 80, 1991, S. 21.

Ausgabe 1964 S. 42.

47 Fosstappe

Ausgabe 1916 S. 38; Ausgabe 1923 S. 29.

Kölnisches Vortragsbuch 1920 S. 211 und 1923 S. 202; Kölsche Klassiker 1978 S. 16.

Ausgabe 1964 S. 45.

48 Klatschruse

Alt-Köln-Kalender 1915 S. 57 (Strophe 2 Vers 1 »Un grad hät se de Maattäsch voll», Vers 6 »e Höhnche kaufe«; Strophe 4 Vers 4 »Jo, dat eß wohr«); Ausgabe 1916 S. 41 (Strophe 4 Vers 4 wie 1915); Ausgabe 1923 S. 29.

Kölnisches Vortragsbuch 1920 S. 140 und 1923 S. 136; Kölnisches Glockenspiel 1954 S. 244 und 1968 S. 271; Kölsche Deechter un Gedeechte 1971 S. 18; Alt-Köln 20, 1975, S. 9; Kölsche Klassiker 1978 S. 34.

Ausgabe 1964 S. 20 (im Kapitel »Kölle«).

50 Et Wunderkind

Alt-Köln-Kalender 1922 S. 21 (mit kleinen Abweichungen in Schreibweise und Interpunktion, aber mit Schlußzeile); Ausgabe 1923 S. 30 (ohne Schlußzeile).

Jung-Köln 1923 S. 31 (ohne Schlußzeile); Krune un Flamme 1954 S. 81 (ohne Schlußzeile); Kölsche Klassiker 1978 S. 24 (mit Schlußzeile); Alt-Köln 69, 1988, S. 14 (mit Schlußzeile).

Ausgabe 1964 S. 22 (im Kapitel »Kölle«; ohne Schlußzeile).

52 Modern Molerei
Ausgabe 1916 S. 39; Ausgabe 1923 S. 31.
Ausgabe 1964 S. 46.

53 Jugendzigg
Dieses Kapitel umfaßt bei Berchem in der Ausgabe 1916 sieben, in der Ausgabe 1923 zehn und ebenso in der Ausgabe 1964 zehn Gedichte.

54 Weegeleedche
Ausgabe 1916 S. 45 (Überschrift »Schlummerleedche«; Strophe 2 Vers 5 und Strophe 3 Vers 4 »Kingkche«; Strophe 3 Vers 3 »An dem Finster eren«, Vers 5 »Alle Stäncher sin do«); Ausgabe 1923 S. 35.
Kölsche Klassiker 1978 S. 25.
Ausgabe 1964 S. 49.

56 Kind un Freud
Ausgabe 1916 S. 46; Ausgabe 1923 S. 35.
Ausgabe 1964 S. 52.

57 De Schull ess uus!
Ausgabe 1916 S. 47 (Vers 1 »e Köllen«); Ausgabe 1923 S. 36.
Jung-Köln 1921 S. 28 (Vers 1 »e Köllen«, Vers 10 »de Tummeleut«); Kölner Lach- und Lesefibel 1940 S. 104; Krune un Flamme 1954 S. 99; Kölnisches Glockenspiel 1954 S. 97 und 1968 S. 106; Kölsche Klassiker 1978 S. 27.
Ausgabe 1964 S. 53.

58 Ferie
Ausgabe 1923 S. 36.
Jung-Köln 1953 S. 44.
Ausgabe 1964 S. 57.

59 Et wor ens...!
Jung-Köln 1918 S. 673 (in vier achtzeiligen Strophen; Strophe 3 Vers 3 »Dat Märche vun 'nem Essel«, Vers 4 »Vun Hungk un Katz un Hahn«); Ausgabe 1923 S. 37.
Jet för et Hätz S. 167; Kölsche Klassiker 1978 S. 26.
Ausgabe 1964 S. 50 (mit ungenauer Überschrift).

61 E Möschebegräbnis

Jung-Köln 1913 S. 241 (Strophe 4 Vers 4 »De Mädcher, die gonn stell dernevve«; Strophe 9 Vers 1/2 »De Mädcher, die han Genog jitz gehult un gekresche«); Ausgabe 1916 S. 48 (Text wie 1913, aber Strophe 9 Vers 2 richtig »gehült«); Ausgabe 1923 S. 38.

Kölnisches Vortragsbuch 1920 S. 108 und 1923 S. 100; Jung-Köln 1951 S. 25; Krune un Flamme 1954 S. 108; Kölnisches Glockenspiel 1954 S. 103 und 1968 S. 136; Kölsche Klassiker 1978 S. 28; Alt-Köln 85, 1992, S. 13.

Ausgabe 1964 S. 54 (Überschrift »Möschebegräbnis«; Strophe 2 Vers 1 »hä för't Schwesterche säht«).

63 Maiaandaach

Ausgabe 1916 S. 51 (Strophe 4 Vers 5 »größer«); Ausgabe 1923 S. 39.

Krune un Flamme 1954 S. 74; Kölnisches Glockenspiel 1954 S. 72 und 1968 S. 76.

Ausgabe 1964 S. 56.

64 Am letzte Schulldaag

Jung-Köln 1913 S. 753 (Strophe 2 Vers 1 »Wat mer en all dä lange Joohre«, Vers 3 »sall«; Strophe 4 Vers 4 »durch et Hätz noch trick«; Strophe 6 Vers 4 »Wat silliger es als Jugendglökk»); Ausgabe 1916 S. 53 (Strophe 2 Vers 1 »Wat meer en all dä lange Johre«, sonst wie 1923); Ausgabe 1923 S. 40.

Ausgabe 1964 S. 58.

65 Zum Avscheed

Ausgabe 1916 S. 55 (Überschrift »Zom Avschied«); Ausgabe 1923 S. 40.

Ausgabe 1964 S. 59.

66 E Kinderleed

Alt-Köln 1919 S. 49; Ausgabe 1923 S. 41.

Jet för et Hätz S. 80.

Ausgabe 1964 S. 60.

67 Johreslauf
Dieses Kapitel umfaßt bei Berchem in der Ausgabe 1916 neun, in der Ausgabe 1923 sechzehn, dagegen in der Ausgabe 1964 durch Umstellungen einundzwanzig Gedichte.

69 Määzleed
Ausgabe 1923 S. 45.
Krune un Flamme 1954 S. 62; Kölnisches Glockenspiel 1954 S. 60.
Ausgabe 1964 S. 68.

70 Et Fröhjohr kütt!
Ausgabe 1916 S. 59; Ausgabe 1923 S. 45.
Kölnisches Vortragsbuch 1920 S. 73 und 1923 S. 69; Kölsche Klassiker 1978 S. 17.
Ausgabe 1964 S. 69.

71 Osterklocke
Ausgabe 1916 S. 60 (Strophe 4 Vers 3 »Wäm sien Hätz entgägeschleit«); Ausgabe 1923 S. 46
Krune un Flamme 1954 S. 64; Kölnisches Glockenspiel 1954 S. 62 und 1968 S. 72.
Ausgabe 1964 S. 70.

72 Wiesse Sonndaag
Ausgabe 1916 S. 61 (Strophe 1 Vers 2 »Alle Klocken«, Vers 4 »Bungkter«); Ausgabe 1923 S. 46.
Ausgabe 1964 S. 71.

73 Der Mai
Alt-Köln 1918 S. 9 (Strophe 2 Vers 7 »un schwenk met Rock un Zöppche«; Strophe 4 Vers 5 »Un dä ald deef«; Strophe 5 Vers 1 »en Stadt ov Land«; am Schluß die erste Strophe als sechste wiederholt); Ausgabe 1923 S. 47.
Kölsche Klassiker 1978 S. 20.
Ausgabe 1964 S. 74.

75 MAIOVEND
Ausgabe 1916 S. 62 (Strophe 2 Vers 2 »Wie paßte zo däm söße Schall«); Ausgabe 1923 S. 48.
Kölnisches Vortragsbuch 1920 S. 75 und 1923 S. 70; Krune un Flamme 1954 S. 80; Kölnisches Glockenspiel 1954 S. 78 und 1968 S. 82; Unser Köln 1958 Heft 2 S. 10; Kölsche Klassiker 1978 S. 23.
Ausgabe 1964 S. 76.

76 WALDMAIAANDAACH
Ausgabe 1923 S. 48.
Ausgabe 1964 S. 77.

79 PINGSTE
Ausgabe 1916 S. 64; Ausgabe 1923 S. 50.
Ausgabe 1964 S. 80 (Strophe 1 Vers 3 »de Wies«).

80 SUMMER
Ausgabe 1923 S. 51.
Unser Köln 1960 Heft 2 S. 9; Kölnisches Glockenspiel 1968 S. 142.
Ausgabe 1964 S. 81.

81 HERVSWEDDER
Ausgabe 1923 S. 51.
Krune un Flamme 1954 S. 150; Kölnisches Glockenspiel 1954 S. 143 und 1968 S. 148; Kölsche Klassiker 1978 S. 36.
Ausgabe 1964 S. 82.

82 ALLERSIELEZIGG
Ausgabe 1923 S. 52.
Ausgabe 1964 S. 84.

83 ALLERSIELETRUS
Ausgabe 1916 S. 67 (Strophe 1 Vers 7/8 »Zo rette, wat sing Vatterhand Zo Dingem Beß getroffe«; Strophe 3 Vers 7 »Glauven«); Ausgabe 1923 S. 52.
Ausgabe 1964 S. 85.

84 Der ehschte Schnei
Ausgabe 1923 S. 53.
Krune un Flamme 1954 S. 162 (Überschrift »Et schneit! Juchhei!«); Kölnisches Glockenspiel 1954 S. 157 (ebenfalls).
Ausgabe 1964 S. 63 (umgestellt).

85 Chressdaag
Ausgabe 1916 S. 68; Ausgabe 1923 S. 53.
Ausgabe 1964 S. 64 (umgestellt).

86 Chressdagsklockeleed
Ausgabe 1923 S. 54.
Krune un Flamme 1964 S. 178; Kölnisches Glockenspiel 1954 S. 168 und 1968 S. 175.
Ausgabe 1964 S. 65 (umgestellt).

87 Wie ess der Wald esu wunderschön!
Ausgabe 1923 S. 54.
Jet för et Hätz S. 138; Unser Köln 1961 Heft 2 S. 14.
Ausgabe 1964 S. 86 (mit ungenauer Überschrift).

89 Kreeg
Dieses Kapitel umfaßt bei Berchem in der Ausgabe 1916 dreizehn, in der Ausgabe 1923 fünfzehn, dagegen in der Ausgabe 1964 durch Auslassung nur dreizehn Texte.

91 Met Hätz un Hand!
Ausgabe 1916 S. 75; Ausgabe 1923 S. 59.
Ausgabe 1964: nicht abgedruckt.

92 An uns Kreegerfraue!
Ausgabe 1923 S. 59.
Ausgabe 1964 S. 96.

93 Offerkääze
Ausgabe 1916 S. 79; Ausgabe 1923 S. 60.
Krune un Flamme 1954 S. 59; Kölnisches Glockenspiel 1954 S. 57.
Ausgabe 1964 S. 91.

94 EN DER ZALDATEMESS
Ausgabe 1916 S. 77 (Strophe 4 Vers 1 »Wo Mannesmod un Frömmigkeit«); Ausgabe 1923 S. 61.
Ausgabe 1964: nicht abgedruckt.

95 EN DER NAACH
Ausgabe 1916 S. 81; Ausgabe 1923 S. 61.
Ausgabe 1964 S. 92.

96 DER EINZIGE SONN
Ausgabe 1916 S. 84; Ausgabe 1923 S. 62.
Ausgabe 1964 S. 93.

97 KEIN AHNUNG
Ausgabe 1916 S. 82; Ausgabe 1923 S. 63.
Ausgabe 1964 S. 94.

98 DER SCHWEREN BREEF
Ausgabe 1916 S. 83; Ausgabe 1923 S. 63.
Ausgabe 1964 S. 95.

99 KARFRIEDAAG 1917
Ausgabe 1923 S. 64.
Ausgabe 1964 S. 101.

100 HERVSGEDANKEN EM KREEG
Ausgabe 1916 S. 86; Ausgabe 1923 S. 64.
Ausgabe 1964 S. 97.

101 VÖR ALLERSIELE 1915
Ausgabe 1916 S. 88; Ausgabe 1923 S. 65.
Ausgabe 1964 S. 98.

102 CHRESSDAGSKLOCKE 1915
Jung-Köln 1914 S. 513 (Überschrift »Wann de Chreßdagsklocke klinge«); Ausgabe 1916 S. 92; Ausgabe 1923 S. 65.
Jung-Köln 1917 S. 514 (Überschrift »Chreßdagsklocke«).
Ausgabe 1964 S. 99.

103 CHRESSDAGSOVEND 1915
Ausgabe 1916 S. 94; Ausgabe 1923 S. 66.
Ausgabe 1964 S. 100.

104 EN FREMDER ÄD
Ausgabe 1916 S. 91 (Überschrift »Vergesse«); Ausgabe 1923 S. 67.
Ausgabe 1964 S. 102.

105 OM ZALDATEKIRCHHOFF
Ausgabe 1916 S. 90; Ausgabe 1923 S. 67.
Ausgabe 1964 S. 103.

107 BILDER
Dieses Kapitel umfaßt bei Berchem in der Ausgabe 1916 acht, in der Ausgabe 1923 elf, dagegen in der Ausgabe 1964 durch Umstellungen nur sieben Texte.

109 DE SONN ESS WIDDER DO!
Ausgabe 1916 S. 99; Ausgabe 1923 S. 71.
Jung-Köln 1919 S. 26; Jet för et Hätz S. 92; Kölsche Klassiker 1978 S. 13.
Ausgabe 1964 S. 107.

110 DER LETZTE STROHL
Ausgabe 1916 S. 100 (Überschrift »Zo späd«; Strophe 4 Vers 2 »Dat hä jitz wööt e Hüsgen erve«); Ausgabe 1923 S. 71.
Ausgabe 1964 S. 108.

111 BLÄDDER
Ausgabe 1916 S. 101 (Strophe 2 Vers 3 »kei vun inne«); Ausgabe 1923 S. 72.
Ausgabe 1964 S. 109.

112 WELLE
Ausgabe 1916 S. 103; Ausgabe 1923 S. 72.
Ausgabe 1964 S. 110.

113 Nevvel
Ausgabe 1916 S. 104 (Strophe 1 Vers 8 »Un schlüüß sich widder«; Strophe 2 Vers 4 »Un lööch en Die Geheen«, Vers 5 »Dat fängk jitz aan«, Vers 7 »Un häld sich dran«, Vers 8 »Un deit probeere«); Ausgabe 1923 S. 73.
Ausgabe 1964 S. 111.

114 Wolke
Ausgabe 1916 S. 106; Ausgabe 1923 S. 73.
Krune un Flamme 1954 S. 147; Kölnisches Glockenspiel 1954 S. 140 und 1968 S. 145; Kölsche Klassiker 1978 S. 40.
Ausgabe 1964 S. 112.

115 Finstere
Ausgabe 1916 S. 105 (Strophe 2 Vers 1 »de Schieven«); Ausgabe 1923 S. 74.
Jung-Köln 1919 S. 160 (Strophe 1 Vers 1 »en Hüsgen«; Strophe 2 Vers 1 »de Schieven«); Jet för et Hätz S. 170.
Ausgabe 1964 S. 113.

116 Aprel
Ausgabe 1916 S. 107; Ausgabe 1923 S. 74.
Kölsche Klassiker 1978 S. 20; Alt-Köln 72, 1989, S. 8.
Ausgabe 1964 S. 72 (im Kapitel »Johreslauf«).

117 Maiklöckelcher
Ausgabe 1923 S. 75.
Ausgabe 1964 S. 73 (im Kapitel »Johreslauf«).

118 Spädhervs
Ausgabe 1916 S. 65 (im Kapitel »Johreslauf«); Ausgabe 1923 S. 75.
Krune un Flamme 1954 S. 152; Kölnisches Glockenspiel 1954 S. 144; Kölsche Klassiker 1978 S. 41.
Ausgabe 1964 S. 83 (im Kapitel »Johreslauf«).

119 CHRESSBAUMSLEID
Ausgabe 1916 S. 71 (im Kapitel »Johreslauf«; Strophe 2 Vers 1/2 »Wie all ming gode Kamerade Woot stell ich en e Huus gebraht«; Vers 4 »bunkte«); Ausgabe 1923 S. 76.
Kölnisches Vortragsbuch 1920 S. 85 und 1923 S. 80.
Ausgabe 1964 S. 66 (im Kapitel »Johreslauf«).

121 GEDANKEN ÜVVER...
Dieses Kapitel umfaßt bei Berchem in der Ausgabe 1916 elf, in der Ausgabe 1923 dreiundzwanzig und ebenso in der Ausgabe 1964 dreiundzwanzig Gedichte.

123 DE KUNS
Ausgabe 1923 S. 81.
Ausgabe 1964 S. 117.

124 NE GOETHESPROCH
Ausgabe 1916 S. 150 (im Kapitel »Spien«; Überschrift »En Frog»); Ausgabe 1923 S. 81.
Ausgabe 1964 S. 118.

125 SCHLÄÄCHTE BÖCHER
Ausgabe 1916 S. 120; Ausgabe 1923 S. 81.
Ausgabe 1964 S. 119.

126 ET GLÖCK I
Ausgabe 1916 S. 111; Ausgabe 1923 S. 82.
Ausgabe 1964 S. 120.

127 ET GLÖCK II
Ausgabe 1923 S. 83.
Ausgabe 1964 S. 121.

128 DER FRIDDE
Ausgabe 1916 S. 122 (Strophe 1 Vers 3 »Dat all die Minsche Fridde finge«); Ausgabe 1923 S. 83.
Ausgabe 1964 S. 122.

129 De Fründschaff
Ausgabe 1916 S. 118 (Überschrift »Fründschaff«); Ausgabe 1923 S. 83.
Ausgabe 1964 S. 123.

130 Der fuffzigste Gebootsdaag
Ausgabe 1923 S. 84 (Überschrift »Der 50. Gebootsdaag«).
Kölsche Klassiker 1978 S. 35; Alt-Köln 60, 1985, S. 21.
Ausgabe 1964 S. 124.

131 Wäm Godd en Amb gitt ...!?
Ausgabe 1916 S. 113 (ohne Überschrift); Ausgabe 1923 S. 85.
Kölnisches Vortragsbuch 1920 S. 49 und 1923 S. 48 (jeweils mit Überschrift).
Ausgabe 1964 S. 125 (mit ungenauer Überschrift).

132 Et Fleege
Ausgabe 1916 S. 115 (Strophe 1 Vers 3 »schrevv noh singem Mädche«; Strophe 2 Vers 4 »zo singer Königin«; Strophe 12 Vers 1 »et Fleege loße«, Vers 2 »Un wa'mer«); Ausgabe 1923 S. 86.
Ausgabe 1964 S. 126.

134 Jett Schweres
Ausgabe 1923 S. 87.
Ausgabe 1964 S. 128.

135 Weltwunder
Ausgabe 1923 S. 87.
Ausgabe 1964 S. 129.

136 Birg un Daal begähnt sich nit ...!
Ausgabe 1916 S. 23 (Strophe 6 Vers 1 »De Wund die fängk«); Ausgabe 1923 S. 88.
Ausgabe 1964 S. 130 (mit ungenauer Überschrift).

137 Ich hann dich gän!
Ausgabe 1923 S. 89.
Kölsche Klassiker 1978 S. 15.
Ausgabe 1964 S. 131.

138 WEISS DO EN HÄTZ...!
Ausgabe 1916 S. 125 (Strophe 1 Vers 3 »Wenn alles Deer verlore geiht«; Strophe 3 Vers 1 »En Plaz, woherr mer drage kann«, Vers 4 »Wann et Glöck sich aan dorf sage«); Ausgabe 1923 S. 89.
Ausgabe 1964 S. 132 (mit ungenauer Überschrift).

139 DE HOFFNUNG
Ausgabe 1916 S. 154 (im Kapitel »Spien«; Überschrift »Hoffnung«); Ausgabe 1923 S. 90.
Alt-Köln 1917 S. 10 (Überschrift »Hoffnung«).
Ausgabe 1964 S. 133.

140 ET SCHECKSAL I
Ausgabe 1923 S. 90.
Ausgabe 1964 S. 134.

141 ET SCHECKSAL II
Ausgabe 1916 S. 128; Ausgabe 1923 S. 90.
Ausgabe 1964 S. 135.

142 ET BEDDE
Ausgabe 1916 S. 127; Ausgabe 1923 S. 91.
Ausgabe 1964 S. 136.

143 GLÖCKSERINNERUNGE
Ausgabe 1923 S. 91.
Ausgabe 1964 S. 137.

144 ET GRÖÖTSTE LEID
Ausgabe 1916 S. 126 (Strophe 2 Vers 1 »Dä ein dä kann nit sterve«); Ausgabe 1923 S. 91.
Ausgabe 1964 S. 138.

145 ET VERGESSE
Ausgabe 1923 S. 92.
Ausgabe 1964 S. 139.

146 Der Spillmann dud
Ausgabe 1923 S. 92.
Kölsche Klassiker 1978 S. 42.
Ausgabe 1964 S. 140 (mit Fehler in Strophe 4 Vers 6).

147 Vun Meer
Dieses Kapitel umfaßt bei Berchem in der Ausgabe 1916 zehn, in der Ausgabe 1923 elf und ebenso in der Ausgabe 1964 elf Gedichte.

149 Erinnerunge
Ausgabe 1916 S. 131 (Strophe 1 Vers 1 »Kooz fungk ich bei ale Papeere«, Vers 2 »E klein un zerresse Bladd«); Ausgabe 1923 S. 97.
Ausgabe 1964 S. 143.

150 En Antwood
Ausgabe 1916 S. 133; Ausgabe 1923 S. 97.
Ausgabe 1964 S. 144.

151 Mie Stüvvge
Ausgabe 1916 S. 140; Ausgabe 1923 S. 98.
Kölnisches Vortragsbuch 1920 S. 44 und 1923 S. 43; Kölsche Klassiker 1978 S. 37.
Ausgabe 1964 S. 145.

152 Mie Piefge
Ausgabe 1916 S. 138; Ausgabe 1923 S. 98.
Ausgabe 1964 S. 146 (Überschrift fälschlich »Mie Pievge«).

153 Mingem Vatter sien Bild
Ausgabe 1916 S. 141; Ausgabe 1923 S. 99.
Kölsche Klassiker 1978 S. 38.
Ausgabe 1964 S. 147.

154 Mien Hänsge
Alt-Köln-Kalender 1922 S. 10 (Strophe 2 Vers 1 »'t wor em Mai«; Strophe 3 Vers 1 »besundesch«); Ausgabe 1923 S. 100.
Jung-Köln 1923 S. 30; Alt-Köln 80, 1991, S. 24.
Ausgabe 1964 S. 148.

156 Der Bochfink
Alt-Köln-Kalender 1923 S. 64; Ausgabe 1923 S. 101.
Kölsche Klassiker 1978 S. 18; Alt-Köln 80, 1991, S. 22.
Ausgabe 1964 S. 150.

157 Feerovend
Alt-Köln-Kalender 1916 S. 66; Ausgabe 1916 S. 136; Ausgabe 1923 S. 101.
Ausgabe 1964 S. 151.

158 Der stelle Wääg
Ausgabe 1916 S. 134; Ausgabe 1923 S. 102.
Krune un Flamme 1954 S. 56; Kölnisches Glockenspiel 1954 S. 54; Kölsche Klassiker 1978 S. 39.
Ausgabe 1964 S. 152.

159 Ald Glöck
Alt-Köln-Kalender 1922 S. 58; Ausgabe 1923 S. 103.
Alt-Köln 75, 1989, S. 28.
Ausgabe 1964 S. 153 (mit ungenauer Interpunktion).

160 Et Vügelche singk...!
Ausgabe 1916 S. 143; Ausgabe 1923 S. 103.
Kölsche Klassiker 1978 S. 43; Alt-Köln 80, 1991, S. 24.
Ausgabe 1964 S. 154 (mit ungenauer Überschrift).

161 Krützbloome
Das Kapitel fehlt in der Ausgabe 1916; in der Ausgabe 1923 und in der Ausgabe 1964 umfaßt es neun Gedichte.

163 Dud!
Ausgabe 1916 S. 145 (im Kapitel »Vun meer«; Überschrift »Un doch«); Ausgabe 1923 S. 107.
Jung-Köln 1923 S. 32.
Ausgabe 1964 S. 157.

164 An singem Grav
Ausgabe 1916 S. 146 (im Kapitel »Vun meer«); Ausgabe 1923 S. 107.
Ausgabe 1964 S. 158.

165 Söns un jitz
Ausgabe 1923 S. 107.
Ausgabe 1964 S. 159.

166 Woröm?
Ausgabe 1923 S. 108.
Ausgabe 1964 S. 160.

167 Op Osterdaag
Ausgabe 1923 S. 108.
Ausgabe 1964 S. 161 (Strophe 1 Vers 1 fälschlich »Kircheglocke«).

168 Beim Nachtigalleschlag
Ausgabe 1923 S. 109.
Ausgabe 1964 S. 162 (mit ungenauer Überschrift).

169 Wann et gar nit hell well wäde
Alt-Köln-Kalender 1923 S. 48; Ausgabe 1923 S. 109.
Krune un Flamme 1954 S. 161; Kölnisches Glockenspiel 1954 S. 156 und 1968 S. 164.
Ausgabe 1964 S. 163.

170 Trus
Ausgabe 1923 S. 110.
Ausgabe 1964 S. 164.

171 Doröm!
Ausgabe 1923 S. 110.
Ausgabe 1964 S. 165.

173 Spien
Diesen Titel trägt das letzte Kapitel der Ausgabe 1916; mit erheblich erweitertem Bestand bildet es 1923 ein eigenes Bändchen; die als Gesamtausgabe konzipierte Ausgabe 1964 enthält »Spien« mit dem Bestand von 1923 als zweiten Teil. – Anmerkungen zu den »Spien«-Texten werden nur in Einzelfällen und in verkürzter Form gemacht.

177 Frau Krönzel
Ausgabe 1923 S. 9. – Jet för et Hätz S. 26.

178 En Mutter höt nie...
Ausgabe 1923 S. 9. – Jet för et Hätz S. 86.

179 Bei nem Mann...
Ausgabe 1923 S. 10. – Alt-Köln 23, 1976, S. 3.

179 Weed ene Mann...
Ausgabe 1923 S. 10. – Alt-Köln 23, 1976, S. 3.

179 »Mer muß Röckgrot han«
Ausgabe 1923 S. 10. – Alt-Köln 23, 1976, S. 3.

180 Sonndags dörf...
Ausgabe 1923 S. 11. – Jet för et Hätz S. 23.

182 Kinderauge sin bloß klor
Ausgabe 1923 S. 13. – Jet för et Hätz S. 13.

182 Vatteraug un Mutterhätz
Ausgabe 1923 S. 13. – Jet för et Hätz S. 31.

186 Wann Do andere muß belehre
Ausgabe 1916 S. 154; Ausgabe 1923 S. 16.

187 Wenn all de Riche wööte
Ausgabe 1916 S. 151 (Überschrift »Rich un ärm«); Ausgabe 1923 S. 17.

187 Der ein, dä jag...
Ausgabe 1923 S. 17 (Vers 2: »andere«). – Jet för et Hätz S. 40.

187 Wer söns sich gar nichs...
Ausgabe 1923 S. 17. – Jet för et Hätz S. 40.

188 Die gar esu söß dunn
Ausgabe 1923 S. 18. – Jet för et Hätz S. 40.

189 Voll Iefer spannt de Jugend
Ausgabe 1916 S. 151 (Überschrift »Jugend – Alder«); Ausgabe 1923 S. 19.

192 Geiht et op et Sterven aan
Ausgabe 1916 S. 155 (Überschrift »Dokter Dud«; Vers 3 »Wer vörobgeiht«); Ausgabe 1923 S. 22 (Vers 3 »Wer eropgeiht«). – Ausgabe 1964 S. 186 (Vers 3 »Wer eropgeiht«). – Alt-Köln 61, 1986, S. 17 (Vers 3 »Wer vöropgeiht«).

192 Dat eß de schwerste Frog em Levve
Ausgabe 1916 S. 155 (Überschrift »De schwerste Frog«); Ausgabe 1923 S. 22.

193 De Freud verkööz de Zigg
Ausgabe 1916 S. 152 (Überschrift »Glöck un Leid« III); Ausgabe 1923 S. 23.

193 Beim eine kütt et Glöck späd
Ausgabe 1916 S. 152 (Überschrift »Glöck un Leid« I; Vers 1 »Beim ein do kütt«); Ausgabe 1923 S. 23.

193 Et Glöck häß Do am leevste
Ausgabe 1916 S. 152 (Überschrift »Glöck un Leid« II); Ausgabe 1923 S. 23.

194 Wo de Sonn fählt
Ausgabe 1916 S. 153 (Überschrift »Sonn un Glöck«); Ausgabe 1923 S. 24.

194 Se kummen un dunn Dich beklage
Ausgabe 1916 S. 155 (Überschrift »Truß«); Ausgabe 1923 S. 24.

196 Wann einer Dich gän hät
Ausgabe 1916 S. 153; Ausgabe 1923 S. 26.

199 Studeer de ganze Philosophie
Ausgabe 1916 S. 155 (Überschrift »Philosophie un Kinderglauve«; Vers 3 »wer in god verwaht«); Ausgabe 1923 S. 29.

205 Un wöör Die Verdeens jitz …
Ausgabe 1916 S. 151 (Überschrift »Verdeenß“); Ausgabe 1923 S. 34.

205 Wenn noch esu huh ...
Ausgabe 1916 S. 154 (Überschrift »Nit vergesse!«; Vers 1 »Wann noch esu huh«); Ausgabe 1923 S. 35.

208 Wo en Bloom am Finster blöht
Ausgabe 1916 S. 153 (Überschrift »Bloome«); Ausgabe 1923 S. 37.

210 Ticktack!
Ausgabe 1916 S. 156 (Überschrift »De Ohr«); Ausgabe 1923 S. 38.

213 Wie et Pitterche un et Annche en de Ferie bei der Gross wore
Jung-Köln 1912 S. 296.
Jet för et Hätz S. 80.
Ausgabe 1964 S. 207 (mit kleinen Textänderungen, etwa »wie« statt »als« und »zick« statt »sick«).

220 Wie der hellige Mann bei der Breuersch Fritz kom
Jung-Köln 1912 S. 453.
Ausgabe 1964 S. 213 (mit kleinen Textänderungen, etwa »beddere« statt »bettere« und »Fritzche« statt des in diesem Fall richtigen »Fitzche«).

230 Der hellige Mann
Jung-Köln 1915 S. 514.
Ausgabe 1964 S. 222 (mit kleinen Textänderungen, etwa »Sähn« statt »Säge«, »evvens« statt »rasch« – während »rasch« an zwei anderen Stellen unverändert blieb –, »woht« statt »wo't«, wo aber »wort« gemeint ist).

239 De kölsche Sproch
Ausgabe 1916 S. 149 (im Kapitel »Spien«) und als Motto auf dem Titelblatt. Fehlt in den Ausgaben 1923 und 1964.

239 Drinksproch
Ausgabe 1916 S. 149 (im Kapitel »Spien«); Alt-Köln 1917 S. 19. Fehlt in den Ausgaben 1923 und 1964.

240 Ne Kregswunsch
Alt-Köln-Kalender 1918 S. 50. Fehlt in den Ausgaben 1916, 1923 und 1964.

240 En der Böcherei
Alt-Köln-Kalender 1921 S. 67. Fehlt in den Ausgaben 1916, 1923 und 1964.

241 Es war einmal ...
Jung-Köln 1912 S. 655.

242 Deutsches Lied
Jung-Köln 1915 S. 129 (mit der Vorbemerkung »Zum 15. Juni 1915, dem Tage« (gemeint: dem Jahrestage) »der Thronbesteigung Kaiser Wilhelms II.«; Wilhelm II. wurde am 15. Juni 1888, dem Todestage seines Vaters Friedrich III., König von Preußen und deutscher Kaiser).

243 Friedensgebet
Jung-Köln 1918 S. 428.

VERZEICHNIS DER GEDICHT-ÜBERSCHRIFTEN

VERZEICHNIS DER GEDICHT-ANFÄNGE

WÄ SÖK, DÄ FINGK...